陰陽花伝
天雲に翼打ちつけて飛ぶ鶴の

秋月　忍

富士見Ｌ文庫

JN229134

O N M Y O K A D E N

CONTENTS

序章

お鶴《つる》が男として生きていかねばならなくなったのは、三歳の夏のことだ。

「かーたん、かーたん」

お鶴は、池の中で、ぴょんぴょんと飛び跳ねる。

「お鶴、危ないですよ。あまり奥に行ってはいけません」

濡《ぬ》れ縁《えん》から、母親である静《しずか》が心配そうに声を掛けてきたが、お鶴は戻りたくなかった。

強い日差しの中、ぬるくなった池の水はとても気持ちがいい。

お鶴の遊び着用の布衣《ほうい》は、水にぬれてビチョビチョだ。まだ三歳の童《わらべ》であるお鶴の髪は短く、男の子か女の子かは、見た目ではわかりにくい。

小さい中庭の池は、三歳児には巨大な海とも思える遊び場である。

「お鶴さま、ダメです、お戻りを」

必死で幼いお鶴の手を引こうとするのは、塚野《つかの》家に仕える使用人の未知《みち》だ。

「トンボ！」

水際に生える草の葉にトンボがとまったのを見て、バシャバシャとお鶴は水の中を走っていく。そばにいる未知の小袖《こそで》も、ずぶ濡れだ。

濃い青空に、力強い白い雲がむくむくとのぼる。

「あれ？」

お鶴は首を傾げた。

突然、大合唱をしていた蟬の声がやんだのだ。

ベン
聞いたことのない音が鳴り響いた。

「あっ」

突然、胸が苦しくなった。

「お、お鶴さまっ」

慌てた未知の声。

お鶴の耳に絶え間なく聞こえる、何かの音と、嗅《か》いだことのない強い香り。

息が苦しい。

お鶴はそのまま池の中に倒れた。

「お鶴さまっ！」

必死な声とともに、水から引き上げられる。

青白い未知の顔。その向こうにいる母が、崩れ落ちたのが見えた。

「奥さま⁉」

未知の絶叫が聞こえたのを最後に、お鶴は、意識を失った。


「旦那《だんな》さま！」

悲痛な未知の叫びで、お鶴は目を覚ました。

息が苦しい。頭が痛い。

ギュッと身体を抱きしめている母の腕以外のすべてが、お鶴を苦しめている。

「酷《ひど》いな」

父、寅蔵《とらぞう》の声だ。

「あな……た」

消え入りそうな母の声。

お鶴の見上げた闇の中に、ゆらぐ人の影があった。明らかに宙に浮いた状態で、お鶴を見下ろしている。

ベン、とあの音が遠くで鳴り響いた。

「憎しや、憎し。恨めしい」

女性の声だった。長い髪がゆらゆらと揺れている。

「強い麝香《じゃこう》の香り。そなた生霊《いきりょう》だな」

寅蔵が呟《つぶや》く。影を睨《にら》みつける父の顔は、かつて見たこともない、怖い顔だ。

「とーたん……」

助けてほしい。手をのばしたいのに体が動かない。

匂いが強くなるたびに、体が締め付けられるように痛い。息が苦しい。

お鶴は、父の姿がどんどんかすんでいくように思えた。

「待っていろ。お鶴、静」

寅蔵は、人差し指と中指をたて、手刀を作り、空中に円を描く。

「青龍《せいりゅう》・白虎《びゃっこ》・玄武《げんぶ》・勾陳《こうちん》・帝台《ていたい》・文王《ぶんおう》・三台《さんたい》・玉女《ぎょくによ》」

唱えた呪文《じゅもん》に反応して、描かれた円が鈍い銀板の鏡となった。

「生霊よ、姿を現せ」

鏡面に映し出されたのは女性だった。げっそりとこけた頬。憎しみの火を宿した瞳《ひとみ》は、らんらんと光を放つ。

振り乱した長い黒髪。頭にろうそくを立てた鉄輪をかぶっていた。口は血のように赤く、犬歯のような牙《きば》がのぞく。手に持っているのは、白木の杭《くい》に木づち。そして目の前には、二つの人形《ひとがた》。

「許さぬ……許さぬぞ、静！」

呪いの言葉を女は吐き続ける。血を吐きそうなほどに怨念《おんねん》のこもった声。

「……礼子《れいこ》さま？　玄行《げんぎょう》皇子の后《きさき》の礼子さまか？」

寅蔵が驚きの声を上げる。

「我が君と子を奪った恨み、その身に思い知るがよい。おぬしの命、娘ともども奪ってやる」

ちろちろと蛇のように赤い舌を出しながら、礼子は人形に杭を打っている。

闇に木づちの重い音が鳴り響くたび、闇の向こうで、何者かが琵琶《びわ》を奏でる。

そのたびに、お鶴は体がちぎれそうになった。

「青龍《せいりゅう》・白虎《びゃっこ》・玄武《げんぶ》・勾陳《こうちん》・帝台《ていたい》・文王《ぶんおう》・三台《さんたい》・玉女《ぎょくにょ》」

寅蔵が再び呪文を唱えると、鏡面が激しく発光しはじめた。

を入れていく。

鏡面に映った礼子がふるった木づちに打ち込まれた白木の杭は、人形に突き立ち、ひび
「許さぬ、許さぬぞ」

ベンベンという音が、かき鳴らされ激しくなる。

苦しくて、痛くて、泣きたくてもお鶴は声も涙も出ないほどだ。

「流れ出る　水は大河を遡《さかのぼ》る　映りし影に　すべて返らん」

寅蔵の呪文が完成する。

鏡面の向こうに、悪霊の影が流されていき、礼子が絶叫を上げた。

だくだくとお鶴と静から何かが流れ出していく。

その時だった。

先ほどまで鳴っていた音が、パタリと止まる。同時に、流れ出ていたものが身体へと戻ってきた。

「まずい！」

「……おつる……だけでも……」

母の声がかすれていく。

「奥様！」

未知が悲痛な声を上げた。

荒かった母の息が静かになった。

「なんてことだ……」

父が苦しげな声で呟く。

お鶴は、父が自分の額に何かを行ったのを感じた。

そして、寝間着の上に父の服をかぶせられると、息が楽になった。

「とーたん？」

父の手が、優しく頬を撫《な》でる。

「すまぬ……今日から、そなたは鶴丸《つるまる》じゃ。男として、生きてくれ」

父は声をあげて泣いた。

第一章　任官

夏の盛りを過ぎたせいか、風がひんやりとしている。

真新しい赤の単衣《ひとえ》の上に白の狩衣《かりぎぬ》を纏《まと》い、塚野《つかの》鶴丸《つるまる》は、検非違使《けびいし》庁の門の前に立った。

奥二重で切れ長な瞳の中に、檜皮葺《ひわだぶき》の大きな屋根が映る。

門の中の中庭では、体格の良い男たちが声を出しながら剣の訓練をしていた。建物から出入りする人の数も多い。

すれ違う男たちからの好奇の視線を感じ、鶴丸は思わず苦笑いを浮かべた。

鶴丸はすらりとして、華奢《きゃしゃ》な体である。背も男性としては低い方だ。罪人の逮捕などを主な仕事とする頑強な男たちの多い検非違使庁の中に入ると、子供のように見える。袖《そで》から覗《のぞ》く腕輪に、陰陽師《おんみょうじ》の証《あかし》たる陰陽の印がついていなければ、追い出されていたかもしれない。

陰陽の印は、陰と陽のからみあう様子を図案化したもので、麻紐《ひも》で腕に結ぶようになっている。それ自体に呪力は何もないが、これをつけている者は陰陽寮が『陰陽師』であることを認可した証だ。

あれから、十五年がたつ。

母、静《しずか》は呪詛《じゅそ》により死亡し、鶴丸自身は、女として生きられなくなったものの、かろうじて命は救われた。

呪詛をかけた玄行《げんぎょう》皇子の后《きさき》は死亡したが、それを手伝っていたと思われる術者の行方は今もわからず、娘殺しの呪いは鶴丸の身体に残ったままだ。

鶴丸は、常に『女禁』の札を身に着け、立ち居振る舞いも男のように過ごしている。その証拠に、札をつけていても、男装を解いた途端、鶴丸は体調を崩してしまう。それゆえに、絶対に女性とわからぬように、膨らんだ胸は布を巻いて出来るだけ、平らにしている。特に湯あみや着替えをする時には、幾重にも結界を張ってから行わねばならない。素肌をさらすことは、たとえ人に見られなくても危険を伴う行為で、うかつに結界の外で裸身になったがために、三日間寝込んでしまったこともある。

それゆえに、父、寅蔵《とらぞう》は必死で呪法を解こうとしているが、鶴丸自身は、呪いが解けたらどう生きていけば良いのだろうと、少し思っている。陰陽師以外に、生きていく術《すべ》を鶴丸は学んではいない。

開け放たれた戸をくぐると、検非違使庁の中は、騒然としていた。

いつものことなのか、今日がたまたまそうなのかは、判別はつかない。明らかに、陰陽寮とは違う活気がそこにあった。

「おお、そなたが？　こりゃまた、随分と若い」

鶴丸を迎えたのは、ことのほか大柄な男だった。

薄紫の表に青色の裏地で、細かい小葵《こあおい》が織り込まれている狩衣を着ている。貴族にしては日に焼けていて、声も大きい。眉《まゆ》も鼻も目も口も大きく、とにかく豪快な印象だ。

「本日より、お世話になります。陰陽寮から参りました、塚野鶴丸です」

「待っておったぞ、陰陽師どの。いや、本当に陰陽師不在だと、仕事が非効率この上なくてなあ。私は、佐《すけ》の淡島数磨《あわしまかずま》だ」

にこやかに淡島は名乗り、鶴丸の顔を眩《まぶ》しげに見つめた。

佐は、検非違使庁で上から二番目の役職にあたる。三十二歳の淡島は、下からのたたき上げで、かなり出世が早かったという話だ。検非違使の職場の一番上の別当は、現場に出てくることはまず無いため、ほぼ、事実上の指揮官である。

指揮官自らの出迎えに、鶴丸は恐縮する。期待の大きさを感じて、体がこわばった。

陰陽師が穢《けが》れを回避し、受けた穢れを祓《はら》い、あやかしを封じる職業なら、実質的な穢れや汚れを清掃し、人の犯した罪を裁くのは、検非違使の役目だ。どちらも穢れと向き合う仕事ではある。

当初は別々に役目を果たしていた。

ただ、事件そのものがどちらの役目であるのかというのは、調べてみなければわからないという場合がある。

ゆえに、現皇帝になってから、検非違使庁に陰陽師が出向するという形式が採用されるようになった。

前任者が体調を理由に職を辞してから、しばらく空席になっていたが、検非違使庁の要望が大きく、陰陽寮はしぶしぶ、人手を割くことになったのだ。

「しかし、女にしたいような美しさよ。陰陽師をどうこうしようと思う物知らずはおらぬはずだが、ここは、血の気の多い輩《やから》が多い。用心したほうがよいかもしれぬな」

淡島は目を細めつつ、鶴丸を自室へと案内した。

それにしても、着任早々の忠告がそれなのかと、鶴丸は内心苦笑する。

女顔なのは、もともと女なのだから、当たり前だ。

検非違使庁専属の陰陽師に出向を命ぜられた折、陰陽寮の頭、堀部《ほりべ》からも同じことを言われてはいた。もっとも、堀部の言葉には続きがある。

「かといって、内裏に行ったら行ったで、困った貴族はおる。身分がある分、拒否できぬだけタチが悪い。検非違使庁の方が、拒絶できるだけ、まだマシであろう」

堀部は、鶴丸の出生の秘密について知っているわけではない。

が、陰陽を志す者ならば、薄々気が付いていても不思議はない。外見はともかく、気はごまかせない。鶴丸は女性の気を封じてはいるが、当然、男性としての気を発しているわけでもない。

鶴丸が本来の性別を偽り、男として陰陽寮に入ったのは、もう十年も前。

外見ではごまかしのきかぬ者たちの多い陰陽寮で、そのような無理、無茶が通ったのは、やはり父である塚野寅蔵が国でも指折りの陰陽師であったことと、鶴丸自身も、非常に優秀であったからであろう。

もっとも陰陽師は、人手不足だ。陰陽寮では、学生を何人も育ててはいるが、需要に供給が追い付かない状態である。優秀と認められたなら、男であろうが、女であろうが、それこそ人外でも構わないとまで言われている。仕事はいくらでもあるのだ。

十八を迎えた鶴丸に、任官の話が舞い込んだのも当然といえよう。

「ただし、あそこは、陰陽寮以上に穢れの最前線。占術より退魔術。とにかく実戦中心だ。実力がなければ務まらぬ。心せよ」

苦り切った表情の堀部の忠告を思い出し、鶴丸は気を引き締める。

案内された淡島の自室は、大きな机が中央に置かれていた。濡《ぬ》れ縁《えん》側の御簾《みす》は半分だけ開いていて、明るい外光を部屋の中に取り入れている。壁はなく、部屋は几帳《きちょう》で区切られていて、時折、風で揺らめく。

「ああ、紹介せねばな」

淡島は、チリンと鈴を鳴らした。

「およびでございますか？　淡島さま」

現れたのは、随分と背の高い男だった。

鶴丸の姿を認め、静かに頭を下げる。

鍛え上げた屈強な体格をしているものの、粗野ではなく、どこか品を感じさせる動きだ。年齢は二十といったところか。日焼けした端整な顔。大きくて鋭い目をしている。黒の直《ひた》垂《たれ》を着ており、腰には太刀を下げていた。

「新しく出向してきた、陰陽師の塚野鶴丸どのだ」

鶴丸は、丁寧に頭を下げる。

男は、鶴丸を見ると、少し渋い顔をした。

「随分と線が細いですな」

実にもっともな感想である。鶴丸自身、否定する気にならない。

「陰陽師の仕事は力仕事ではありませんので」

鶴丸の答えに、男は頭を振った。

「このような柔弱な優男に、検非違使の現場は酷ではないのでしょうか？」

「そなたがここに来た時に、同じことを思ったが、大丈夫であったぞ？」

淡島が笑い、男は肩をすくめた。

この長身の男が柔弱な優男であったとはとても思えないのだが、月日は人を変えるのかもしれない。

「塚野どの、こちらは、少尉《しょうじょう》の大江《おおえ》孝行《たかゆき》だ」

「ああ、では弓取りの？」

驚きを覚えて、もう一度、鶴丸は男を見た。

なんでも二十歳にして、検非違使一の弓の名手として名をはせているという男だ。盗賊どもにも恐れられているらしい。その名は陰陽寮でもよく聞いている。

「いかにも。知っておったのなら、説明は不要だな」

淡島は、手に持った笏《しゃく》で反対の手のひらを打つ。

「早速だが、仕事でね」

淡島は、二人に近寄るように言い、机に広げた都の絵図面を指さした。

「瑞町《みずまち》で昨晩、火事があり、先ほど、現場で死体がみつかったそうだ。どうやら普通の死体ではないと報告が来ている。早急に調査を」

「わかりました」

検非違使の仕事は、犯罪の捜査ではあるが、その犯罪が『人』によるものだけとは限らない。ゆえに、陰陽師が同行するのだ。

「ああ、塚野どの。先に断っておくが、検非違使とは穢れと向き合うもの。それを避ける占術は不要と心得られよ」

淡島の言葉に、鶴丸は堀部の忠告の意味を理解した。

瑞町の現場はかなり寂しい場所にある屋敷であった。

ここは、都の西の市《いち》に近いとはいえ、湿地が多い。

家を建てるのにはあまり向いてはおらず、農業を営むものが点々と住んでいる地区だ。

近所に屋敷はなく、辺りにあるのは畑ばかりだ。

「ひどいな。しかし、辺鄙《へんぴ》なところにある家だったのは不幸中の幸いというべきかな」

大江孝行は全焼し崩れ落ちた家屋を眺めて、顔をしかめた。

火は消えているが、木材の焦げた臭いが鼻をつく。まだ、どこかに熱が残っているようでもある。

家人は全て死んだのか。火が消えたにもかかわらず、戻ってきた様子はない。

塗籠《ぬりごめ》の壁と、柱の跡と思われる焼けこげた材木がわずかに屋敷の骨格を残すものの、屋根は焼け落ちてしまっており、元の姿をとどめているものは何もない。

農家にしてはかなり大きい方だろう。かつては名のあった貴族が没落して住んでいたのかもしれない。


「このところ雨が少なかったですからね。昨晩は風が強く、火の回りも早かったのでしょう。家屋が密集しているような地区だと一軒ではすまなかったでしょうね」

鶴丸の答えに、孝行は頷《うなず》いた。

「場所が場所なら、都の半分が燃える可能性だってあった」

大袈裟《おおげさ》でなく、真面目な話だ。

風の強い日の火の勢いは、人の手で止められるものではない。

大火事にならなかったのは不幸中の幸いだったと、鶴丸も思う。

「見たところ強盗ではなさそうだな……」

「というと?」

「ほぼ燃え尽きているから、憶測にすぎないが。燃え跡の様子から見て、それほど荒れた感じがない。万が一、強盗であったとしても、大人数で徒党を組んだ物取りではなかろう」

なるほど、と鶴丸は思う。

強盗でないとすれば、不慮の事故か。

台所と思《おぼ》しき場所には、大きなかめが二つ焼け残っていた。どうやら酒を造っていたようだ。いずれも、荒らされた様子はない。

鶴丸は、ツンとした感触を覚えた。人ならざるものの気配のようなものだ。ただ残り香のようだ。ここには、もういない。

「孝行さま! こちらです」

がれきの向こうから、男の声がした。

背はそれほど高くはない。白の水干を着ている。孝行の配下のひとりであろう。若くはなさそうだが、動きは身軽だ。やせぎみで、頭に白いものがわずかに交じっている。

「念のため聞くが、死に触れるのは平気か?」

声の方へ足を向けようとすると、孝行が鶴丸に声をかけた。

「……私は陰陽師《おんみょうじ》ですよ？　穢《けが》れを祓《はら》うのが仕事です」

鶴丸は思わず苦笑する。今、ここでそのような質問をされるとは思ってもいなかった。

「ならいいが。貴族のお坊ちゃんは、死人に近づくのさえ嫌うからな」

「貴族のお坊ちゃんは、お互い様でしょう？」

鶴丸の言葉に、孝行はにやりと口の端を上げる。

緑安京《りょくあんきょう》の貴族にとって、死は恐れ、忌み嫌うものである。死は穢れであり、穢れは、悪鬼、悪霊を呼ぶ。昨今は、行き過ぎた恐怖に囚《とら》われ、危篤に陥った身内を屋敷から追い出してしまう者もいるほどだ。それほどまでに、穢れは恐ろしい。

そうした恐怖がさらに穢れを濃くし、悪鬼を呼ぶ。悪循環である。

ゆえに、ひとびとは穢れを避けたいと願い、陰陽師の占術に頼るのである。

「ご苦労だな、亀助《かめすけ》」

孝行がねぎらうと、水干の男は隣の鶴丸の顔を見た。

「ああ、こちらは陰陽師の塚野どのだ」

「塚野鶴丸です」

「亀助です」

鶴丸が名乗ると、亀助は丁寧に頭を下げた。

浅黒い肌、意志の強そうな眉《まゆ》と長い目。きゅっと結んだ口元が、いかにも生真面目そうな印象を受ける。年齢は四十くらいといった感じだろう。

「見てください。燃えておらんのです」

亀助が指さしたのは、一人の女であった。

がれきの中に、今、そこに倒れこんだかのような姿だ。

その身体は業火のさなかにあったにもかかわらず、燃えていない。長い髪は焼け縮れることもなく、つややかに美しいままだ。

「肩口からばっさりだな」

孝行は眉根《まゆね》をよせた。

燃えていない女の身体の背に、大きな刃物傷がある。女郎花《おみなえし》の色の袿《うちき》は血で汚れていた。これだけの傷を負えば出血もかなりのものであろう。しかし、辺りは全て燃え尽きており、血の痕などは全く分からない。

火が消えてから、女の遺体をここに運んだのであろうか？

しかし、女の周りに落ちている煤《すす》を見ると、女が倒れていた場所だけは降り積もっていない。

女は何かを抱え込むかのように、うつぶせに倒れている。

孝行は、優しくいたわるように、女を仰向けに返した。

煤でやや汚れてはいるものの、顔には傷一つない。若い女だ。穏やかに瞳《ひとみ》を閉じて、眠っているようでもある。抱え込んでいるのは、男物の狩衣《かりぎぬ》だ。おそらくは高貴な者の衣服であろう。

「この女の遺体は、どこかから運んだものなのか？　それとも、あやかしの類《たぐい》か？」

孝行の疑問はもっともだ。

鶴丸は女の額に手を触れた。体温はとうになくなり、その魂も体に残ってはいない。ただ、先ほど感じたものと同じ感触が残っている。

「この女性は、ただの人です。しかし、人でないモノに、守られていた気配が残っております」

「人でないモノ？」

「この屋敷全体にあやかしの残り香があります。焼かれたのか、もしくは立ち去ったのか、ここにはもういないですけれど」

「ふむ」

孝行は思案を巡らせるように顎《あご》に手を当てた。

「なんにせよ、この女が持っている服の持ち主が、事情を知っているであろうな」

水干の男が、丁寧に女の手をどけて、持っていた狩衣を孝行に渡す。白の表地に青色の裏地。凝った意匠の竹の模様が入っていた。紋のようだ。孝行は鼻を近づけ、香りを嗅《か》ぐ。

「おそらく白檀《びゃくだん》香だな……かなり身分が高い人間のものと思って間違いない。亀助、女を投げ寺へ連れていけ」

「へい」

投げ寺というのは、緑安京の郊外にある寺で、正式には霊安寺《れいあんじ》という。身元不明の遺体を集団埋葬するためのいわば『公営』の寺だ。

「少しお待ちを」

鶴丸は、女に手をかけた亀助の手を制した。

「この女性の髪の毛をいただいておきたい」

短刀で黒髪を一束、切り取ると、懐から懐紙を取り出して、丁寧にしまう。

「そのようなもの、どうするのだ？」

「……まだ、わかりません」

「ふうん」

孝行は、首を傾げたものの、それ以上、追及する気はないようだ。

「それで、どうやって、この服の持ち主を捜すので？」

「ここは、西の市《いち》が近い。目撃者がいる可能性もあるし、この家に住んでいた者について話が聞けるかもしれない」

生活していれば、当然、市で買い物はしたであろう。この女性のことも、おおよそのことはわかるに違いない。

「そうですね」

鶴丸は、まだ若い女性の顔を見る。閉じられた瞳に、不思議と憎しみは感じなかった。

都の西の市は、川のそばにある。

鶴丸は孝行とにぎやかな市に足を踏み入れた。

立地のせいもあるだろう。風が強い。広大な敷地の奥に、ひとつだけある屋根は、市を管理している役所である。

商《あきな》いする者たちが、市が開く時間になると商品を持ち寄って、並べる決まりだ。売り物は、野菜から反物まで多岐にわたる。

「にぎやかですね」

鶴丸は自分で市場に来ることはめったにない。活気ある光景に、思わず心が弾む。

「……これから、もっと人出が増える」

孝行が答えた。何気なく歩いているようで、目は周囲を見回している。誰かを捜しているのかもしれない。

市に訪れる客は様々だ。地方から買い付けに来る者もあれば、日々の食材を買い求めに来る者もいる。貴族社会にはない猥雑《わいざつ》さもまた、面白い。

「堪忍してください。お代を払ってくださいまし」

雑踏の中で、女の悲痛な声がした。鶴丸は、思わずそちらに足を向けた。

見れば、水干を着た体の大きな男が、いくつもの反物を抱えている。年は二十くらいだろうか。いかにもガラの悪そうな男だ。烏帽子《えぼし》を被《かぶ》っているものの、髪はぼさぼさである。

悲痛な声を上げているのは、小袖《こそで》に前掛けをした、三十代くらいの女性だ。

「代金は、それ、そこに払ったであろう？」

「これだけでは、全然足りませぬ」

むしろの上に置かれた木の皿の上に、銅貨が一枚入っている。

男の抱えた反物すべてをこの女から買ったのだとすれば、どう見ても足りない。

女が必死に訴えるのも無理はない。

「つかぬことをお尋ねするが、その男が手に抱えた反物、すべてこの店のものですか？」

鶴丸は、つい口をはさむ。余計なことではあるが、目に入ってしまったものを放置することはできない。

「はい」

「では、銅銭一枚というのは、明らかに足りぬのではないでしょうか？」

「……な、なんだ、お前。金は払っただろう？　どこの貴族の坊ちゃんか知らぬが、変な言いがかりはよしてくれ」

よく見れば、顔に傷がある。男は不機嫌な目つきで、鶴丸を睨《にら》みつけ、ぺっとツバを吐いた。

「あなたが持っている反物、いつから銅銭一枚で買えるようになったのでしょうか。明らかに役所の取り決めに反しているのではありませんか？」

「価格はある程度、商いをするものの裁量で変えられる決まりだ」

男の目が売り子の女性に向けられ、女性はわなわなと震えはじめた。

おそらく、この男は、日常的にこの市場で、恫喝《どうかつ》して物品を巻き上げているのだろう。

金銭が全く支払われていない場合より、取り締まりは難しい。役所は物品の取引価格の基準を取り決めてはいるものの、価格の裁量権を認めているのも事実だ。何より、被害者である売り子の女性が仕返しを恐れ、男の罪について口を噤《つぐ》んでしまう可能性がある。

「では、役所の取り決めを大幅に守らぬ、売り手ともども裁かれねばなりませんね」

言葉とは裏腹に、鶴丸は、女に笑んで見せた。

「行き過ぎた割引は、他の者の商いにも支障をきたしましょう。まして、それを強要するのは、立派な犯罪となります」

「何ッ」

男がいきりたつ。

その時。鶴丸の前に、太刀を抜いた孝行が割るように入ってきた。

「あっ」

男の動きが止まる。目が大きく見開いた。

「よう、ヲロチ。相変わらず、アコギなことをやっているようだな。この前、次はないと言ったはずだぞ」

「た、孝行さま」

男の顔が、ひきつっていく。孝行は、ついっと太刀を首筋へと向けた。

「なんならここで処刑してやろうか？　どのみち余罪は山ほどあるだろうから、連行して裁くのも面倒だ」

「ご冗談を」

男の顔が青ざめている。

孝行の表情は、冗談とも本気ともつかない。しかし、その目は油断なく男の姿を映していて、動きを完全に封じている。

「な、なんのことですかな。ワイはこのお坊ちゃんと穏やかにお話をしていただけでございますよ。ね、ねえ、そうですよね」

先ほどの凄《すご》みはどこへ行ったのか。

男、ヲロチはヘラヘラした作り笑いを口元に張り付ける。あの会話のどこが、穏やかだったのだろうか。そもそもどうして、鶴丸が口裏を合わせてやらねばならないのかとも思う。だいたい、孝行はすぐそばにいたのだ。ごまかしようがないとは、思わないのだろうか。

「ほう？　俺はてっきり、代金を踏み倒そうとして、それを認めよと恫喝しているかと思ったのだが」

「滅相もない。ワイはそのような無法なことは致しません。ね、ねえ、坊ちゃん」

必死に目で合図を送ってくるヲロチに、鶴丸は苦笑せざるを得ない。なんという、調子のよい男であろうか。ある意味、大物である。呆《あき》れると同時に、不思議な親近感を覚えた。

「その通りです」

鶴丸は大まじめに頷《うなず》いた。

「いくら売り子が割り引くと言ったにせよ、このような値段で買っては市の取り決めに反する。法を破るような割引は許されぬから、定価で払うと言ってくださったのです。そうですよね、ヲロチ殿」

ヲロチは、悔しそうに口の端を一瞬だけ歪《ゆが》めたが、再び笑みを浮かべた。

「へ、へい。そ、そのとおりで」

ヲロチは懐から銅銭を取り出し、じゃらじゃらと先ほどの木の皿に置く。

「これで、よろしゅうございますな」

「色を付けると、言っていたように俺には聞こえたが」

意地悪く、孝行が笑う。むろん、これが茶番であることを承知しているのだ。

「もちろんでございます」

ヲロチが頭を下げ、さらに銅銭を皿にのせた。悔しそうな顔を隠しきれていない。正直な男だ。

「大丈夫ですよ。今後、その言葉を違《たが》えることができぬよう、呪《しゅ》をかけておきましょう」

くすり、と鶴丸は笑う。

「おお。それは良い考えだ。ヲロチよ。こちらは、陰陽師《おんみょうじ》の塚野鶴丸どのだ」

「お、陰陽師？」

鶴丸は、腕の陰陽の印をちらりと見せた。

ヲロチは青ざめた顔で、ガクガクと膝《ひざ》を鳴らす。

強面《こわもて》のわりに、案外、臆病《おくびょう》な男のようだ。

「ご、ご勘弁を」

「おぬしは、一応、役人なのだ。お上から俸禄《ほうろく》をもらって、法を守る立場なのだぞ。今後、法を犯すようなことをするな」

孝行はため息をつきながら、首を振った。

「仕事だ。首を切られたくなければ、役に立て」

「へ、へえ」

このヲロチという男が検非違使《けびいし》の一員だという事実に、鶴丸は驚いた。

もともと、市場でゆすりやかっぱらいをしていて、孝行に捕らえられた罪人なのだそうだ。が、目端が利き、腕っぷしの強いことを買い、恩赦を授けて、孝行が自らの手下として使っているらしい。ただし、役人となってからも、あまり悔い改めた様子はないのが問題のようではある。

ヲロチに調査を命じた孝行に、鶴丸は市場の役所に連れて行かれた。

役所の人間は顔見知りらしい。板場の片隅に腰をおろし、鶴丸にも休むように言った。

「あんな男だが、人脈が広く、記憶力が非常に良くて、頭も切れる」

「高く評価をしているのですね」

「まあな。あれで人間性さえ、もう少しまともであれば、元罪人でも出世できように」

ふうっと孝行はため息をつく。

「随分と大江どのを恐れているようでしたが？」

「昔、奴を捕まえた時に、ちょいと派手にやったからだろう」

孝行は苦笑いを浮かべた。

「どうしようもない男ではあるが、役に立つ。たまに、先ほどのように釘《くぎ》をさし、目を配らねばならんが、俺は奴を嫌いになれぬ。困ったものだ」

「面白いものですね」

孝行の表情の複雑さに、鶴丸は好奇心をそそられる。

「人というのは、善きものと悪しきものをすぐに両極としたがるもの。法を守るべき人間は、特にその傾向があるかと思っておりました」

「法は、そうだ。しかし、人は、そうではない」

孝行は苦笑する。

「善きことをする者が、悪に手を染めないとは限らない。逆もしかり。この仕事をしていると、かえって、そう思う」

「……難しいですね」

「全くだ」

役人が、二人に水を差しだした。

のどの渇きを覚え、鶴丸は、湯飲みを受け取る。

井戸から汲《く》み上げたばかりなのであろう。冷たくておいしい水だ。

開け放たれた戸の向こうの空は、高く青い。

「孝行さまっ」

静けさを破るように足音を立てながら、役所に、ヲロチが駆け込んできた。

「何かわかったか？」

「へい。たいがいのことはわかりやした」

どう見てもヲロチの顔は強面なのだが、その表情は生き生きとした喜びにあふれていて、どこか愛嬌《あいきょう》があった。

——意外と、蛇ではなく、犬のような男なのだな。

鶴丸は、笑いをかみ殺した。どう見ても、孝行に褒めてもらいたくて仕方がない様子である。孝行が嫌いになれぬ、というのも無理はない。

「焼けた屋敷に住んでいたのは、若い妖子《あやこ》という女と、その父親のようですな。よくはわかりやせんが、二人住まいだったようです。もっとも、父親の方は、ほとんど外に出てこず、近所の付き合い等はほぼなかったらしいです。妖子の方は、時折、市で酒を商っていましたが」

「酒？」

「そういえば、酒を造っていたと思《おぼ》しき様子がありました」

鶴丸は台所と思われる場所にあったかめのことを思い出す。あやかしの気配を感じたのも、そこであった。

「あと、時折、身分の高い男が訪ねてきていたようですな」

「ほほう？」

「ですが、牛車の紋は、都度、変わっていたようですから、貞淑な夫持ちとは限らないようですが」

いささか下卑た笑いをヲロチは浮かべる。牛車の網代《あじろ》車につけられる紋は、各貴族の名刺代わりだ。それが変わっていたというのであれば、通ってきていた男が違うということであろう。

もっとも。

貴族の女が、夫を持つというのは、生活の手段でもある。通わぬ男を待っていては、生活に困窮してしまう。離縁と結婚を繰り返すのもまた、生きる術《すべ》だ。父親とやらが何をしていたのかは知らぬが、仕事を持っていないのであれば、生活は娘婿頼み、ということもあるだろう。

「では、男が鉢合わせし、痴情のもつれで女を殺害した可能性が？」

孝行の眉間《みけん》にしわが寄る。

「いや、それはないかと。昨晩も牛車を見かけた者はおりましたが、一台だけのようです。近所の人間によれば、火事が起きた時には、いなくなっていたようですが」

「ふむ」

「ここのところ来ていた牛車の紋は、竹だそうで」

得意げに、ヲロチは告げる。

「竹……」

狩衣《かりぎぬ》に入っていた紋も、竹であった。

「ワイの記憶が確かなら、竹の紋をお使いなのは、近衛府《このえ》、中将の山代時平《やましろときひら》さまですな」

「詳しいですね」

鶴丸が感心すると、ヲロチは、ニカッと笑った。

「ヲロチは、一度見た形を忘れない男でな……よくやった。助かったぞ、ヲロチ」

「へえ」

孝行に褒められたヲロチは嬉《うれ》しそうににんまりとした。彼の尻《しり》で、目に見えぬ大きな尾がぶんぶん振られているように思えて、鶴丸は必死で笑いをこらえる。

「それにしても、中将さまか。厄介な」

孝行が大きくため息をついた。


山代時平の屋敷は、瑞町からそれほど遠くはないが、大貴族の豪邸が立ち並ぶ碧町《へきまち》にある。長い白壁が大路に沿ってつくられ、堀には清浄な水が流れていく。

日が傾き始めたのだろう。堀脇の柳の木の影が長く伸び、ゆらゆらと揺れている。日中は暑さを覚えるほどであったが、涼しい風が吹き始め、草むらで虫が鳴き始めた。

山代の屋敷は大きく、入り口に物忌みの札があった。門扉は固く閉ざされており、屋敷内は静まり返っているようだ。

「検非違使少尉《しょうじょう》、大江孝行であります。物忌み中ではありましょうが、時平さまにお目通り願います」

物忌み中の訪問は、礼儀に反する。が、訪問者が、検非違使の場合は別だ。基本的によほどのことがない限り、検非違使の訪問は断れないことになっている。検非違使は身分こそ低いものの、組織は皇帝直下であり、太政大臣ですらも捜査には協力しなければならない。なんといっても、その仕事の妨げは、さらなる災厄を広げる可能性があるからだ。

屋敷の入り口で使用人に取次を頼む孝行の隣で、鶴丸は、目を凝らした。

ツンとした嫌な感触。焼け跡で感じた『気配』だ。間違いなく、ここにいる。

「どうぞ、こちらへ」

屋敷内に案内されながら、鶴丸は辺りを見回した。

濡《ぬ》れ縁《えん》の脇には池があり、風で小さく水面《みなも》が揺れている。非常に手入れが行き届き、陰気や穢《けが》れが溜《た》まっている、という感じではない。

上級貴族の屋敷ならではの贅沢《ぜいたく》な庭園で、趣味の良さを感じさせる。

案内されたのは、広い板敷の間だった。

部屋の一段高い位置に、忌色である鈍色《にびいろ》の袍《ほう》を着た男性が腰を下ろしている。織り込んだ竹の紋は、女が持っていたものと同じものだ。艶《つや》やかな光沢を放っているところから見て、間違いなく上等な絹であろう。部屋には微《かす》かに、白檀《びゃくだん》の香りが漂っている。

「そなたが、弓取りの大江どのか。噂はかねがね聞いておる」

孝行から一歩下がる形で、鶴丸も腰を下ろす。

命令するのに慣れた感じだが、居丈高というほどではない。年齢は二十八だという。鼻筋は、すっきり通っている。太い眉《まゆ》に意志の強そうな口元。孝行ほどではないが、背は高い方で、肩幅はがっしりしており、近衛府の中将という肩書どおり、貴族とはいっても武人なのであろう。

鶴丸は、時平の影の中に嫌な気配を感じ、目を細めた。鼻がツンとし、首筋がチリチリと痛む。

「して、その大江どのが、この私に何の用だ？」

「昨晩、瑞町で火事がありました」

孝行は、時平を見上げる。

「その家で、ある女が斬られ、死んでおりました」

「それが？」

時平は、動じない。

「火災が発生する前、その家で竹の紋の入った牛車が目撃されております」

「なるほど」

時平は、頷《うなず》いた。

「確かに、私の紋は竹であるが、竹の紋を使っているのは、私だけではない」

「あなたさまではない、とおっしゃるので？」

「私だという、証拠があるのかね？」

時平にほんの少しだけ、苛《いら》ついた様子が見える。無実の罪を着せられて苛ついているというよりは、むしろ逆だろう。

「これは、あなたさまの着物ではありませんか？」

孝行は、女性が持っていた狩衣を時平の前に差し出す。

「竹の紋を使い、白檀の香を焚《た》きしめて、さらにこれだけの高級な絹を使った衣類を纏《まと》えるお方は、緑安京にそれほど多いとは思いませぬ」

「仮に、それが私の着物だとしても、私がその家に行ったという証拠になるのかね？」

相手は、中将。検非違使《けびいし》としては、名もなき貴族の女を一人斬ったところで、現行犯でもない限り、大きな罰則を科すことは難しい。

ただ、女を斬って裁判沙汰《ざた》になったとすれば、経歴に傷はつく。今後の出世の妨げにはなるだろう。

——そこまで自分勝手な人には見えないけど。

鶴丸はなかなか認めようとしない時平の瞳《ひとみ》の奥に怯《おび》えを感じた。何かを恐れているのだ。

「証拠なら、ございます」

鶴丸は目を細め、懐から出した檜扇《ひおうぎ》で、時平の左腕を指した。

「その腕には、あやかしの刻印がございます。お認めになるのであれば、私がお祓《はら》いいたしましょう」

「……そなたは？」

「塚野鶴丸。検非違使庁、専属の陰陽師《おんみょうじ》にございます」

鶴丸は、陰陽の印を見せる。

時平は、瞳を閉じた。迷っているのだろう。

「お認めにならねば、何もせずに帰ります。ただし、あなたのお命、今宵《こよい》までと、お覚悟なさった方がよろしいかと存じます」

「このままでは、死ぬと申すか」

「腕に黒い痣《あざ》があるならば。まず、確実に」

鶴丸の言葉に、時平は覚悟を決めたかのように目を見開いて、左腕の袖《そで》をまくる。腕には、黒々とした大きな痣があった。

「そなたたちの言うとおりだ。屋敷を訪れたのは私、彼女を斬ったのも私だ……」

時平は、ゆっくりと口を開いた。

「妖子に会ったのは、もう、三月《みつき》ほど前。宮参りの帰りに、見かけたのがきっかけだ」

瑞町からほど近い、岩水《いわみず》神社に行った折、ひとりで宮参りしている妖子を見初めたのだという。

独り歩きしている妖子のあとを従者につけさせ、文を送り、ようやく色よい返事をもらえて、通い始めて、一月《ひとつき》。本妻とし、この屋敷に迎え入れたいと何度も申し出たが、妖子は答えを先延ばしにするばかりだった。

ところが、昨晩、妖子が突然、急いで逃げよと告げた。

「私は、意味が分からず、妖子に問いただした。ほかに男がいるのかとまで、疑った……しかし、そうではなかった」

時平は苦しそうに顔をゆがめた。

「妖子は、鬼と暮らしていると言った。鬼は妖子を養う代わりに、妖子を慕い通ってきた男を喰《く》らう。そうやって、もう何年も生きてきたらしい。彼女は、苦しんでいた。そして、私を愛してくれていた」

だからこそ、妖子は、時平を逃がそうとしたのだ。

しかし、時平は逃げなかった。一緒に逃げることを妖子が拒否したからだ。

彼女が逃げないのならば鬼を倒そうと思った。たとえ、時平が助かったとしても、鬼がいる限り、妖子の苦しみは終わらない。そう考えた。

時平は、妖子が止めるのも聞かず、現れた鬼に刃《やいば》を向けようとした。

だが……。

「彼女を、斬ってしまわれたのですね？」

鶴丸の言葉に、時平は頷いた。

「父と呼び、彼女は、鬼を庇《かば》ったのだ」

「父親？」

孝行は片眉を吊《つ》り上げる。

「そのあとのことは、あまり覚えていない。彼女の名を呼び、猛《たけ》り狂う鬼に腕をつかまれ、必死で太刀を振るいながら、逃げた。逃げる途中で、高燈台《とうだい》が倒れたが、それどころではなかった。私は彼女より、自分の命を優先してしまったのだ」

時平の声は苦い。心からそれを悔い、恥じているようだ。

「物忌みをなさっていたのは、彼女の弔いのためですね？」

鶴丸の問いに、時平は頷く。

「信じてはもらえぬかもしれぬが、これでも私は、妖子を心から愛していた」

時平の肩がかすかに震える。

「彼女の命を奪った罪は、あがなうべきだとは思っている」

「では、なぜ、すぐに屋敷に行ったことをお認めにならなかったのです？」

「時平さまは、口にすることで、鬼を呼び寄せることを恐れておいでだったのでしょう」

孝行の疑念に、鶴丸が答える。

時平は妖子を殺《あや》めたことを悔い、恥じてもいるが、同時に鬼に対して恐怖を抱いている。

言葉を発することで、あやかしを呼び寄せるということは、往々にしてある。その名を呼ぶだけで、結界が壊れてしまうことだってあるのだ。

「しかし、残念ながら、この屋敷に鬼は既に侵入しております。炎に焼かれ、力を多少失ったのでしょう。じっと、夜を待っているのです」

「夜を？」

「時間がありません。早々に準備を始めましょう」

部屋は徐々に暗くなり、影が落ちる。

闇はそこまで来ていた。


高燈台に火が灯《とも》る。

夜の帳《とばり》はゆっくりと下りつつあり、時平につきまとう影はますます濃くなっていく。

現在、屋敷の戸という戸が開かれ、火は、屋敷内を渡る風に揺れる。

几帳《きちょう》が取り払われたことで、さらに部屋は広くなったが、夜が更けてきたせいで、部屋の奥がどうなっているかはあまりわからない。

鶴丸は人一人程度が入れる輪を麻縄で作り、その中に時平を座らせた。

そして、用意してもらった香炉に火を入れる。白檀の香りが、しんと静まり返った部屋に漂う。暗闇が清められていくかのようだ。

孝行は大きな梓弓《あずさゆみ》を構えている。その目は漆黒の闇に油断なく向けられていた。

孝行には、よほどのことがない限り手を出すなと伝えてある。

まだ出会って半日ではあるが、孝行なら、その『時』を間違えることはないだろう。孝行は、武術に優れているだけでなく、鋭い洞察力がある。

どくん、と胸が大きく脈打った。闇のものの気配が急激に大きくなる。

「来ます」

鶴丸の声とともに、冷ややかな風が吹いた。

燈台に照らされた時平の影が伸びて、ゆらゆらと鬼の形になっていく。

頭上には鈍く光る角がひとつ。髪は赤いザンバラだ。暗褐色の肌で、銀色の目をした男の顔だ。鬼の目はつり上がり、口は裂けんばかりに大きく、牙《きば》をのぞかせている。ボロボロの束帯を着ているところを見ると、元は貴族なのかもしれない。

「許さぬ、許さぬぞ、時平ぁ」

鬼は、唸《うな》るような声を出し、毛むくじゃらの太い腕を振り上げた。刃物のように鋭い爪が天を刺す。

弓矢をつがえる孝行の姿が目に入った。

「待って」

鶴丸は、孝行を制し、懐から妖子の髪の毛を取り出し、香炉にくべる。

白檀《びゃくだん》の香りが一層強くなった。

「やめて」

細い女の声がした。

ゆらゆらと炎がゆれる。香炉から立ち上った香りが、ゆっくりと人の形をかたどっていく。

「やめて、お父さま」

両手を広げて、鬼の行方を遮るかのように、時平の前に現れたのは、死んだ妖子だ。目には涙を浮かべている。その身体は、淡く発光しながら少し透けていて、実体感がない。

「邪魔をするなぁ」

鬼は、口を大きく開いた。怒りをこらえきれぬかのように、鬼の身体が震える。大気がびりびりと振動した。

「いいえ、どきません」

妖子は、まっすぐに鬼を見つめ、時平の前に立ち続ける。

大きな爪が容赦なく、妖子の身体を引っ掻《か》いた。

「妖子！」

時平が、思わず声を上げた。

傷こそ負わぬものの、妖子の顔が苦悶《くもん》の表情に歪《ゆが》む。

「なぜじゃあ、なぜどかぬのじゃあ」

鬼が叫ぶ。鬼が床を踏み鳴らすたびに、家鳴りがした。

「時平さまを死なせはしません。時平さまだけは、必ず守ると決めたのです」

「妖子！」

妖子は振り返り、時平に笑みを見せる。優しい笑みだ。

その刃を身に受けても、穏やかな顔をしていた妖子。

――それほどまでに、好きだったのだ。

鶴丸は、想いの深さを改めて知る。妖子は間違いなく時平を愛していたのだろう。

「どけぇ、時平を殺すのじゃ。お前を殺めた時平の肉を喰らうのじゃ」

視点が定まらぬかのように目の玉をぐるぐると動かし、鬼は怒りに震える。

まるで、地団駄を踏む子供のようだ。

鬼もまた、妖子を大切に思ってはいたのだ。それはわかる。しかし、その想いがかなり歪んでしまっていることに、鬼は気づいてはいない。

「娘さんの話を、お聞きなさい」

鶴丸は懐から札を取り出して、鬼の額に張り付けた。鬼の動きがピタリと止まる。

「時平さまは私に心をくださった。そして共に生きようとおっしゃってくださった。叶《かな》わずとも、それは私の夢だったのです」

「妖子……」

時平の手が、妖子に向かってのばされる……が、その手は、なにもつかめない。時平の顔に絶望が浮かぶ。

「お父さま、もういいの。私の命は尽きたのだから。もう、あやかしとなってまで、私を守る必要はないのよ」

妖子は、鬼の手にゆっくりと手をのばした。動きを止められた鬼は、微動だにしない。

「父は、もともと宮中の酒を造る仕事をしておりました」

妖子は、鬼の手を握り、時平に向かって語り始めた。

「貧しくとも、あの頃は幸せでした。ところが、私が十五の時、家に強盗が押し入りました。母は殺され、私は手籠《てご》めにされそうになりました。父は家族を守るために、戦って鬼と化しました。そして、人を喰らってしまったのです」

「人を喰らってしまいましたか……」

鶴丸が大きく息を吐いた。

人を喰った鬼は、もはや、どうやっても人に戻ることはかなわない。そして、喰らえば喰らうほど、人の心は失われていくのだ。

「それ以降、父は、時折、人を喰らわねばならなくなり、私は……」

妖子はそっと目を伏せた。

「お父上はもちろん、あなたのしたことも、決して許されることではありません」

鶴丸は立ち上がる。もう、どうやってもこの親子は自分の手では救えない。

哀れとは思う。思うが、どうしようもないのだ。

「陰陽師《おんみょうじ》どの！」

時平が叫ぶ。

「お願い申す。どうか、彼女を、この親子の魂を救ってはもらえないだろうか？」

懇願する時平の気持ちはわかる。鶴丸とて、救えるものならそうしたいのだ。

「私には救えません。私ができるのは二人を滅することだけ」

「塚野どの」

孝行も思わず声を上げる。

鶴丸ならできるはずだ、とその目が訴えている。

「私には救えないのです」

鶴丸はもう一度繰り返した。そう、でも。方法がないわけではない。

「だが、山代さまなら、救えるかもしれません。情を交わしたあなたの心が、真実、この二人を救いたいのであれば」

これは、賭《か》けだ。時平と妖子の絆《きずな》の深さがなければ、かなわない。

「どうすればよい？」

「その麻縄の輪から出て、私の代わりにこの札を打つことができますか？」

鶴丸は一枚の札を懐から取り出して見せた。

「その輪を出れば、縁を持ってしまっているあなたは、二人の犯した罪の穢《けが》れを浴びます。失敗すれば、二人の罪をあなたも被《かぶ》ることになる。そうなれば、あなたはこの先、出世はもちろん、家族も持てなくなるでしょう」

その危険を心に留めてなお、輪から出ることができるのか。

それができなくても、もちろん不思議ではない。むしろ出る勇気がないのであれば、救うことは絶対にできないのだ。

時平は、じっと鶴丸の言葉を聞き、噛《か》みしめているようだ。

「なりません。時平さま」

妖子は首を振って、制止した。

「出世とは、家族のためにすることだ。妖子と家族になれないのであれば、もともといらぬもの」

時平は妖子に頷《うなず》いて、麻縄をまたぎ、鶴丸に手をのばし、札を受け取った。

「どうする、陰陽師どの？」

「札をかざし、私の後に続いて、呪言《じゅげん》を」

時平は頷き、札を二人の方にかざして持つ。

鶴丸は大きく息を吸う。

——この人ならば、救える。

そう確信する。

「六根清浄、急急如律令」

「六根清浄、急急如律令」

時平の持つ札から、光が放たれた。

まばゆい光の中、鬼が、年老いた男の姿に変わっていく。

「お父さま」

ほろほろと涙を流し、年老いた姿に戻った父親を妖子が抱きしめる。

「時平さま……ありがとう。どうか、お幸せに」

妖子の微笑は、光に溶けるように、消えていく。そして、父親も妖子に導かれるように笑んで、そして光の中に溶けはじめた。

「妖子……」

時平は、目を閉じて肩を震わせ、嗚咽《おえつ》をこらえている。

時平と妖子の最後の別れだ。もう二度と二人が会うことはないだろう。それでも……ここまで深く想い想われる相手に巡り合えた二人は不幸ではないように、鶴丸には思えた。

「大江どの、鳴弦を」

「ああ」

鶴丸に促され、孝行の指が梓弓《あずさゆみ》の弦《つる》を弾き鳴らす。

わずかに残っていた光は弓の音に送られて、消えていった。


その後、山代時平は、二人の魂を手厚く弔うことを約束した。

燃えた妖子の屋敷跡から、人骨が発見され、この家に住んでいたのが『人喰《く》い鬼』であったことが証明されて、『妖子』の死の件は不起訴となり、検非違使《けびいし》の正式書類に残らないことになった。

ちなみに。検非違使の正式書類に残らない、ということは、陰陽寮の正式書類として残す案件ということになる。

ゆえに、久々に陰陽寮に出仕して、鶴丸は書類作りに精を出しているのだ。

陰陽寮は、検非違使庁と違って、大内裏にあるため、街の喧騒《けんそう》から遠く、非常に静かだ。しかも出仕する人間の数も少ないこともあり、全体的に人の出入りが少ない。御簾《みす》は開いており、外の空気も光も入ってきているが、どこか閉塞《へいそく》的で、窮屈である。

出仕している同僚は、誰もが黙々と作業をしており、同じ穢れと向き合う職場でありながら、検非違使庁とは対照的だ。

「塚野よ、評判は上々のようだな。山代中将から、礼状が届いておった」

「中将さまからですか？」

声をかけてきたのは陰陽寮の頭、堀部左門《さもん》である。

暦学、占学すべてに明るい秀才で霊力も強く、二十代にして陰陽寮の頭となった人物である。

端整な顔立ちのため冷たい印象を受けるが、瞳《ひとみ》に宿す光は温かく、物腰は非常に柔らかい。浅緋《あさあけ》の衣冠姿のところを見ると、宮中から帰ってきたところなのかもしれない。

「検非違使の淡島どのからの話も聞いておるが、実に手際よく、私も鼻が高い」

「……ありがとうございます」

鶴丸は恐縮する。

「私一人の力ではありません。何より、中将さまの想いが本物であったからこそ、うまくいったと思っております」

「そうだな」

時平と妖子の絆が強かったからこそ、二人の魂は救えた。

「あのように、心から愛せる相手に巡り合うというのは、羨《うらや》ましくもありますね」

命をかけても良いとまで思える相手と巡り合うなど、物語のようであった。

とはいえ、鶴丸は女であって、女ではない。恋をすることなど、夢のまた夢だ。

鶴丸の顔に何かを見たのだろうか。鶴丸は堀部に肩をポンとたたかれた。見上げると、優しい微笑がそこにあった。

「して、検非違使庁はどうであった？」

「占術は要らぬと、言われました」

鶴丸の言葉に、堀部は苦笑いを浮かべた。

「さもあらん。ただ、そうなると陰陽師の仕事の半分以上は要らぬことになってしまうのだろうが……」

陰陽師の仕事のほとんどは、凶事を前もって知り、それを避けることが中心なのだ。暦を作るのも、星を観察するのも、すべてが『先を知る』占術につながっていく。

「どちらかといえば、占術は得意ではないので、私には向いているかと」

「そのようなこと、自慢してはならんぞ」

堀部にたしなめられ、鶴丸は頭を下げる。

「そなたは優秀だ。しかし、くれぐれも、無理はしてはならん」

「……はい」

陰陽寮の御簾越しの空は青く、渡る風はさわやかだ。

その静けさに安らぎを感じつつも、検非違使庁の慌ただしさにどこか恋しさを覚えて、鶴丸は空を見つめ……再び、筆を動かし始めた。

第二章　懸想

暗い大路で、男は息絶えようとしていた。

月は細く、照らす灯もない。闇は深く、しんと静まり返っている。

都に出れば、華やかな生活ができる――男はそう信じて、田舎を飛び出した。

食うや食わずの生活から逃げてきたはずだった。

緑安京《りょくあんきょう》は、田舎とはまるで違っていた。人は多く、仕事も娯楽もあった。女は美しく、珍しいものであふれていた。田舎の一年が、ここでは一日かと思われるほど、刺激に満ちていた。

男は、日雇いの小さな仕事をこなし、川で取ってきた魚を商い、時に双六《すごろく》に興じたりもした。

しかし、体調を崩してからは、仕事をすることができなくなった。住む場所を失い、食べ物に困った。生えている草を食《は》み、飢えを満たそうとしたが、ますます体調は悪くなっていく一方だった。

やがて、男の身体はやせ細っていき、激しい吐き気をもよおすようになり、水すらも飲めなくなった。

男が背にしている白壁の向こうの屋敷では、絹を着て、贅《ぜい》をつくした食べ物を食べて生きている人間がいる。

屋敷のそばで病み倒れた男を汚らわしいと蔑《さげす》み、蹴《け》り飛ばし追いやった人間は、明日になったら、男の屍《しかばね》をみて恐怖するはずだ。奴らは何よりも死を嫌うことを男はよく知っている。

それを楽しみに、最後の力を振り絞り、夜の闇の中をここまで這《は》ってきたのだ。

薄れていく意識の中で、男は気配を感じた。

大きな犬だ。真っ白な毛並みをしている。

「そうだ。そのような者を喰《く》らえ」

犬の後ろから、太く、低い声が命じている。

ベン、と琵琶《びわ》を奏でる音がした。

飢えているはずの獣が、ためらいを感じているかのように、男を見つめ唸《うな》る。

「迷うことはない。力が欲しいのであろう？」

男はぼんやりと、その犬を見つめる。それは、恐ろしくも美しい姿であった。

この美しい獣の血と肉になる……不思議と恐怖は感じなかった。むしろ、男は、誇らしい気持ちだ。そして、その身に牙《きば》が立てられるのを受け入れる。

闇の中に、琵琶の音が静かに鳴り響いていた。


相変わらず、検非違使庁は騒然としている。

咎人《とがにん》を引き立てて帰ってくる者、事件の現場に走り出す者など、その門は、出入りが激しい。

中庭では、出動を控え、弓の訓練をしている者たちがいる。

朝一で陰陽寮《おんみょう》に出仕していた鶴丸《つるまる》は、いつもよりはかなり遅い時間の出仕となった。

秋の深まりを感じる空は高く、イワシ雲が見える。

「塚野《つかの》どの」

振り返ると、孝行《たかゆき》がこちらの方へと歩いてくる。

親し気な笑みはとても自然で、人好きのする人だなと鶴丸は思う。

どうやら、併設している裁判所のほうでの仕事から戻ってきたようだ。

少尉《しょうじょう》というのは、罪人の逮捕だけでなく、法に照らして裁判なども取り仕切っており、仕事は多岐にわたる。

「裁判でしたか？　お疲れ様です」

「そっちこそ、古巣への出仕、たいへんだな」

ニコリと、孝行は笑う。

「出仕早々だが、淡島《あわしま》さまに俺は呼び出されていてね。たぶん、塚野どのもいっしょに来た方がよさそうな案件のようだ」

「あやかしですか？」

「そうは聞いていないが」

孝行は肩をすくめた。

「急ぎの話みたいだった。厄介なことには違いないだろうなあ」

「それだけ信頼されているということではありませんか？」

鶴丸が下から覗《のぞ》くように見上げると、孝行の顔がぱっと赤く染まった。

「……急に顔を近づけるな。びっくりするだろう？」

「へ？」

どうやら、顔を覗き込んだことに驚いたらしい。

いや、これはきっと、褒められたことに照れてしまっているのだろうと、鶴丸は思った。

「塚野どのは、他人との距離感を考えるべきだ」

「は？」

「陰陽寮の方で、そのように言われたことはないのか？　いや、これはひょっとして、俺がおかしいのか？」

ぶつぶつと孝行が呟《つぶや》く。

何を言われているのか、鶴丸には全く分からない。

何と答えて良いのか悩んでいると、孝行は大きくため息をついた。

「まあいい。気にするな。淡島さまのところに行こう」

「はあ」

意味が分からぬまま、鶴丸は頷《うなず》き、孝行の後に続いた。


濡《ぬ》れ縁《えん》を通って、淡島の部屋に向かうと、御簾《みす》は全開になっていた。

淡島は地図を広げたままの机の前に座り、書類の束を読んでいる。

「お呼びでしょうか？　淡島さま」

「ああ、来たか。塚野どのも一緒とは助かる」

淡島は手招きし、二人が部屋に入るのも待ちきれぬというように地図を指さした。

「昨晩、二件、路上で人が喰《く》われて死んでいるという通報があってな」

風が吹くたびに几帳《きちょう》がゆらりと揺れる。多少落ち着かぬが、御簾が開いている方が部屋全体は明るい。このような嫌な事件の話をする時は、明るい方が良い。

「野犬ですか？」

「おそらくな」

鶴丸の問いに、淡島は渋い顔で頷いて見せた。

淡島は笏《しゃく》で自分の左の手のひらを叩《たた》く。

「身なりからして、おそらく浮浪者であろう。息があるうちにやられているかどうかは、わからぬが」

緑安京には、野犬が多く住み着いている。とはいえ、生きている人を襲うことは滅多にない。

ただ、緑安京には、家もなく、路上で死んでいく者が少なからずいる。これからの季節、寒さが厳しくなるにつれ、路上死する者はどうしても増える。国としても、郷里に送り返すなど、対策を取ってはいるものの、うまくいっていないのが実情だ。そんなふうに野垂れ死にする人間は、飢えた野犬の格好のエサになってしまう。

「この前もあったばかりですな」

孝行が大きくため息をつく。

「今月に入って、三度めです」

「ああ」

淡島は小さな小石を地図の上にのせる。

「いずれも、雫《しずく》町周辺ですね」

鶴丸は顔をしかめた。

雫町は、緑安京の北東に位置しており、貴族の屋敷が多い区画であるが、山が近い地域でもある。野生の動物が潜むことのできる場所の多い地形だ。

「しかも今回は、一晩に二か所。さすがに物騒だ。清掃だけでなく、ここは正式な祓《はら》いをしてもらわねば、どうやらおさまりがつかぬ」

「野犬を狩りますか？」

言いながらも孝行は、あまり気乗りしていないようだ。野犬狩りというのは、かなり大人数で包囲する必要があり、かつ、危険を伴う。野犬の運動能力は人間を大きく上回り、しかも群れで行動することも多い。怪我人どころか時に死者を出すこともあるのだ。

「……それは、近衛府《このえ》と調整の上だな。検非違使《けびいし》だけでは人が足りん。大路の清掃には既に亀助《かめすけ》をやっている。調べの方はもちろんだが、祓いの方も念入りに頼む」

「承知いたしました」

鶴丸と孝行は部屋を出ると、雫町へと向かった。

日は高くのぼり、影が短くなる。雫町へは、検非違使庁からかなりの距離がある。路沿《みち》いに植えられた木々は既に色づき葉を落とし始め、季節の移ろいを感じさせた。風が吹くたびに、舞い落ちた木の葉がカラカラと音を立てて路地の隅に溜《た》まっていく。掘割の水も心なしか冷ややかな光を放っていた。

「清掃って、具体的にはどのように行っているのですか？」

検非違使の仕事は犯罪者の捕縛、裁判、処刑などのほかに、穢《けが》れそのものの要因となる、『汚れたもの』などを撤去する清めの作業も含まれる。

通常、陰陽師が『祓い』を行う状態の場合、清掃は済んでいることが多い。

「まずは、遺体の撤去をして、掘割の水などを使って汚れた箇所を洗い流し、最終的には、近隣の井戸などで汲《く》んだ水で流し清める」

もちろん、水が簡単に手に入らない場所となると話は変わってくるのだが、幸い緑安京は、川や水路が多く、『洗うため』の水にはあまり苦労しない。

「それで、作業に当たった人間は、近隣の井戸で手足を清めた後、さらに、霊安寺《れいあんじ》に行き、寺の池で禊《みそぎ》を行う」

「禊？」

「ああ。一応、手足をもう一度清めることになっている。死に触れることは、やはり恐ろしいからな」

孝行は苦笑いを浮かべた。

「とはいえ。最後はほぼ水浴だな」

「水浴？」

鶴丸は目を丸くする。寺の池で水浴とはどういうことだろう？

「さすがに今の時期は水が冷たいから、そこまでアホはしないと思うが、夏だと、ほぼガキの水遊び状態だ。まあでも、死に触れる仕事というのは陰気になりがちだから、そこでそれを不謹慎というのも、野暮ってものだとも思う」

「……そうです、ね」

鶴丸は同意しながらも、心の中で動揺する。水浴、などということになってしまったら、非常に困る。素肌をさらせば女であることがばれてしまうだけでなく、呪いが発動してしまう。

自分は検非違使ではないからと拒絶すればよいとは思うものの、不審感を持たれるような行為は極力避けたい。

秘密を知られることは、鶴丸にとって、死活問題なのだから。

「ああ、それから別に、塚野どのを弱いと思っているわけではないのだが」

黙り込んでしまった鶴丸に、孝行は遠慮がちに口を開いた。

「野犬に喰われた死体というのは、普通の死体とは違う。見るに堪えないかもしれん。無理だと思ったら、死体を片付け終わるまで離れているといい」

「お心遣いありがとうございます」

鶴丸は小さく頷いた。

前に死人を見た時もそうだったが、武骨な武人のようで、孝行は気遣いの細やかな人間だと鶴丸は思う。決して、鶴丸を臆病《おくびょう》と思って馬鹿にしているわけではない。

「大きい声では言えぬが、俺は未《いま》だに苦手だ」

それはなかなか、口に出せることではないと思う。

孝行は自分を飾らない。だからこそ、周囲に目が行くのかもしれない。それゆえ『弓取りの孝行』の名で呼ばれるのだと鶴丸は心から思った。

「とにかく見た目より、臭いだな。目は慣れる。鼻は慣れない。取りあえず、鼻をふさいでおけ」

「やはり臭いますか？」

「ああ。今の季節はまだましだが、夏だと特にな」

孝行は肩をすくめた。

「初めてのことだ。とにかく無理はするな」

「ありがとうございます」

鶴丸は素直に礼を述べた。

大路の角を曲がったところで、白い水干を着た男が孝行に手を挙げた。

「孝行さま、こちらです」

孝行配下の亀助だ。

亀助の後ろで、ヲロチをはじめ、ちょっと風体の悪い者達が数名、鼻と口に布を巻いて作業をしている。検非違使の清掃作業は、放免とよばれる元罪人が主として行うことが多い。穢れと正面から向き合い、清掃に取り組むことによって、自ら犯した罪の穢れが清められていくからだ。

鶴丸は、孝行の後ろからゆっくりと現場に近づいた。

孝行の言ったとおり、血臭や汚物の入り混じった悪臭があたりに漂っている。一瞬、ツンとしたこの世ならざるものの香りがしたような気がしたが、微弱、というより悪臭が強くて確証が持てない。

清掃作業の隣に大きな荷車が置かれていて、亀助がその上にむしろを敷いていた。

「ひどいありさまだな」

「へぇ。虫がいない季節なのが救いです」

二人の会話を聞きながら、鶴丸は現場に目をやる。おびただしい血が、白壁を汚していた。

やせ細った脇腹を喰いちぎられている。

あまりの惨《むご》さに、鶴丸は思わず下唇を噛《か》み、布で鼻を押さえた。頭ではわかっていても、目をそむけたくなる惨状である。

孝行の指示で、ヲロチ達が死体を荷車にのせた。

孝行は掃除を命じると、自身は死体を調べ始める。ボロボロの衣服をかろうじてまとっているが、他に所持品は見当たらない。もっとも、状況から見て追いはぎにあって盗まれたというよりは、単純に何も持っていなかったのであろう。身体の欠損部分は、思ったより少ない。

「これは……群れではないな」

「というと？」

「群れであれば、この程度で済むわけがない」

孝行が死体にむしろをかぶせた。

群れに喰われたのであれば、これほど人の形を留《とど》めてはいないということだろう。

とはいえ。留めている方が良いのか、悪いのかはわからない。どちらにしても死に違いはないのだ。

鶴丸は鼻をふさいだまま、ゆっくりと息を整える。

平静にならなければと思いつつ、体がいつになく、こわばっているのを自覚する。血がひいていくような感覚だ。

「大丈夫か？」

孝行の大きな手が背中に触れた。

「ひゃっ」

鶴丸は思わず小さく叫び、飛び上がった。心臓が止まったかのように感じた。

「す、すまん。顔があまりに青かったから……驚かせたか？」

孝行の手がさっと背から離れた。

心配そうな顔がすぐそばに近づく。息がかかりそうな距離だ。

孝行の目が鶴丸を覗《のぞ》き込む。とても澄んだ優しい光が浮かんでいた。

「い、いえ。大丈夫です。その……少々驚いただけです」

鶴丸は頭を下げ、顔をそむけた。

頬が急に熱くなり、全身の血潮が激しく脈打ちはじめた。

何をそんなに動揺しているのか、自分でもわからない。

――びっくりしただけだ。そう、突然のことでびっくりしただけ。

自らに言い聞かせて、次の言葉を探す。陰陽師《おんみょうじ》たる者、冷静さを失ってはいけない。そのための訓練を重ねてきたはずだ。

「は、祓いをいたしましょうか」

何とか頭を切り替えようと、鶴丸はヲロチたちの方へと目を向ける。

ヲロチたちの清掃作業は、儀式にも似ていて、黙々と丁寧に行われていた。

白壁についたおびただしい血の痕は丁寧に洗い清められている。汚水が流れ込んだ掘割の水は、濁ってしまっているが、これもやがて、綺麗《きれい》に澄んでいくだろう。

「すっかり綺麗になりましたね」

「へい。ありがとうございやす」

ニカッとヲロチが笑う。

強面《こわもて》の顔には違いないが、愛嬌《あいきょう》がある。小悪党ではあるのだが、検非違使としては有能で仕事はしっかりこなす。なんとも、評価の難しい男だ。

「もう少し休んでからでも構わんが……」

「大丈夫ですよ。始めますね」

気遣う孝行に微笑し、鶴丸は死体のあった場所に立った。

様々な臭いと気配。

日はまだ高く、曇ってはいないのに、どこか暗い印象を受ける空。全ては、ここに陰気がたまっているのが原因だ。

「清らかな　天より吹きし　涼風よ　よどみ祓《はら》いて　光届けよ」

鶴丸の言葉と共にひんやりとした風が吹く。

空の色が澄んだ色に変わる。作業をしていた男たちの表情が和らいだ。汚れと共に溜まっていた陰気が祓われ、いくぶん気持ちもすっきりしたのであろう。

「よし、次に行くぞ」

孝行の掛け声で、男たちは移動を開始する。

検非違使たちが去り、清められた路は、ゆっくりと日常へと戻っていった。

「これもだな」

孝行の顔が険しい。

「同じ奴にやられたのでしょうね」

先ほどの現場から少し離れた、同じ雫町の路地である。やや内裏から遠い場所ではあるが、まだまだ貴族屋敷の続く場所だ。遠巻きに野次馬の姿があるものの、あえて死者に近づこうとするような者はいない。

ヲロチたちが清掃作業をしている横で、孝行と鶴丸は荷車に載せた死体を検分し始めた。

正直言って、見たいものではないし、慣れるものでもないと思う。が、これも仕事だ。目を背けるばかりでは、仕事にならない。先ほどの死体と同じで、喰《く》われてはいるが、人としての形は留めている。はっきりとわかるわけではないが、残っている獣の足跡も多くはない。

今回は、白い獣毛が落ちていた。

悪臭にまぎれてわかりにくくなっているが、ツンとしたこの世ならざるものの香りの痕《こん》跡《せき》がある。前より濃く、はっきりと感じた。間違いではないだろう。同じものとは言えないが、確率としては非常に高い。

「この一連の事件、野犬ではなく、あやかしの可能性があります」

「あやかしか……」

孝行の顔は険しい。

「野犬だとすれば、狩るしかない。あやかしの場合だと、それは検非違使《けびいし》庁で、どうにかなる問題ではないかもしれんな。どちらにしても、頭の痛いことだ」

いずれにしても、大ごとである。どちらの場合も、簡単に解決できることではない。とはいえ、ここで途方に暮れていても仕方がないことだ。

「そうですね。とりあえず、占術を使ってみましょうか」

「できるのか？」

鶴丸の提案に孝行の顔が驚きの表情を見せた。

「それこそが、陰陽師本来の仕事ですよ」

鶴丸は苦笑し、懐から算木の入った袋を取り出す。

「詳しい結果を求めるなら、筮竹《ぜいちく》や式盤を使った方がいいのですけど」

占術の道具というのは、意外とかさばるものが多いが、あらかじめ必要とあれば持ってこられなくはない。しかし占術とは意外に繊細な作業なのである。本格的に詳細を占うというのであれば、ゆっくりと時間をかけて行うべきではある。

もっとも、そのような占いをすることを、鶴丸は望まれていない。

佐《すけ》の淡島は、どちらかといえば、事件のことを占うことを嫌っている。占いの先入観で、重要な事件の手がかりを見落とすことがあるからだ。

「では、これを喰った奴の居所を捜してみてくれ」

鶴丸は頷《うなず》き、地面に麻縄で輪をつくり、その中に胡坐《あぐら》をかいた。

周囲のざわめきをほんの少しだけ遠ざけ、軽く結界を張る。

算木という六本の小さな木を使った占いは、非常に簡易なものである。とはいえ、簡易だから当たらないというものではない。

「始めます」

鶴丸は眸《ひとみ》を閉じて、流れていく気を感じながら、算木を投げた。

「南、暗雲、乙女……」

縦横に転がった木のそれぞれの位置を読み解いていく。

鶴丸は占術を苦手としてはいるものの、水準に達していないわけではない。

「縁談のある屋敷と、出ました。方角は、ここから南のようですね」

「縁談？」

孝行が首を傾げる。

「こういった占いの場合、忌み事が出る場合が多いのですが、間違いなく縁談となっております」

鶴丸は算木をもう一度確認する。

「……もっとも、占いというのは、当たらぬこともあります」

念を押しながら、鶴丸は算木を袋にしまい込んだ。

「あやかしが絡んでいるとなれば、気配など感じることもございましょう。ここの片づけが済みましたら、私はこの辺りを歩いてみます」

「……ならば、俺も付き合おう。亀助」

孝行は、清掃の指揮を執っていた亀助を呼んだ。

「ここが終わったら、あとはお前に任せる。投げ寺の方はお前達だけで行け」

「しかし、それでは孝行さま達の禊《みそぎ》は？」

心配げに亀助が口を開く。

清掃の際は、必ず禊をするのが検非違使の決まり。それを曲げることはやはり不安があるのだろう。

「塚野どのは陰陽師だ。何も寺で禊をせずとも、穢《けが》れを祓うことはできるさ」

「そうですね」

投げ寺、霊安寺の清らかな湧き水を使い、検非違使たちは禊を行う。

それは、穢れと向き合う仕事なだけに大切な儀式だ。亀助が心配するのも無理はない。

とはいえ。清掃作業が終わった後は、都度一番近い井戸で手足を清めることになっているし、検非違使たちの多くは健康で胆力が強く、多少穢れに触れただけでどうにかなるものではないと、鶴丸は密《ひそ》かに思う。

なんにしても、祓いは陰陽師である鶴丸の専門だ。それに、万が一水浴になりかねない場所には、行かない方が安全である。

「まずは、ここでの作業を終えてからですね」

死体にそっとむしろをかけてやり、鶴丸は祓いの準備を始めた。


白壁が続く大路を鶴丸と孝行は肩を並べて歩く。

小さな寺院の井戸水で手足を清めたこともあり、少し風が冷たく感じる。

長身の孝行と並ぶと、鶴丸はまるで子供のようだ。貴族屋敷の多いこの辺りは、大路を行きかう人は少なく、路《みち》には落ち葉が溜《た》まっている。

孝行は弓と太刀で武装した黒の直垂《ひたたれ》。鶴丸は白の狩衣《かりぎぬ》で、しかも丸腰だ。身長だけでなく、装備も装束もかなり対照的な組み合わせである。

「しかし、見かけによらず、気丈だな」

感心したように孝行は鶴丸を見る。

「え？」

「あれを初めて見て、仕事をする――なかなか出来ることではない」

祓いの作業のことか、それとも検分のことだろうか。周りには見えなかったかもしれないが、鶴丸自身はかなり動揺していた。陰陽師とは、常に心を揺らしてはならない仕事だというのに、情けないと思う。

「平気では、ありませんでしたよ？」

鶴丸は恐縮した。

「私は、穢れを祓う術《すべ》を知っていて、真に恐れるべきものがなんなのか理解しているだけで……それでも、やはりあのような惨《むご》い死体は見ていて辛《つら》かったです」

ただ、辛いからといって、逃げていては陰陽師《おんみょうじ》失格だ。陰陽師である鶴丸がしっかりしなくては、検非違使たちは心のよりどころを失ってしまう。彼らは穢れの最前線にいるのだから。

「……生真面目だな」

孝行の眼が優しい光を宿している。

「無理をしすぎるなよ」

「はい」

頷きながら、鶴丸の胸の奥がふんわりと温かくなる。

「少し寂しくなってきたな」

大路沿いの屋敷が次第に寂れたたたずまいになってきて、ところどころ空き地が目立つ。農地になっている部分もある。青々と茂っているのは、カブの葉であろう。

「ん？」

鶴丸は不意に足を止めた。

呪術《じゅじゅつ》の匂いだ。

「どうした？」

「ちょっと、気になる感じがあります。先ほどのあやかしとは別件ですが」

鶴丸は屋敷の門を覗《のぞ》く。いささか古いとはいえ、それなりの地位を持った貴族の家のようだ。白壁の向こうに、屋敷と庭がある。かなり大きい屋敷だ。

「人を殺すような強い呪いではありませんが、心が沈むような嫌な空気です」

「ふむ」

孝行が戸を叩《たた》く。

戸口から現れたのは、使用人と思《おぼ》しき年配の男性だった。ひょろりとして、紺色の水干を着ている。

「検非違使少尉《しょうじょう》、大江《おおえ》孝行だが、こちらは、どなたの屋敷だ？」

「へえ。白峰明人《しろみねあきひと》さまのお宅です」

「白峰……ああ、ええと、病気でお倒れになった？」

「さようです」

男はぺこりと頭を下げた。

「病気？」

鶴丸は、孝行を見上げる。

「もとは、大炊寮《おおいりょう》の頭を務めていた方だ。過労のため、昨年、内裏でお倒れになった。まだ復帰されたという話は聞かないが……」

大炊寮というのは、宮中行事での供物や宴席の準備などを取り仕切る役職である。頭といえば当然、その総責任者であって、内裏に出入りできる殿上人だ。

白峰明人は、昨年、内裏で仕事を終えた後に倒れた。あまりに突然のことだったため、検非違使は、事件性がないかどうか彼の周辺の調査をしたとのことだ。

「少しお話を伺った方が良いかと思います」

鶴丸は孝行に囁《ささや》く。

この屋敷に漂う、底知れぬ沼に人を引きずり込むような空気は、無視できないものがある。野犬の件とは関係ないかもしれないが、気になった。

「白峰さまとお話はできましょうか？」

「少々お待ちを」

男は慌てて奥へ引っ込んでいった。

検非違使の訪問は、原則断れない。

ほどなくして、二人は屋敷に迎え入れられた。

大きくはないけれど池のある庭園と長い濡《ぬ》れ縁《えん》は、さすが殿上人の屋敷と思わせた。が、どうやら手入れが行き届いていないようで、庭園の池には木の葉が水面を覆い隠してしまうほどに降り積もり、建物はところどころ傷んでいる。使用人の数も、屋敷の大きさに反して少ないようだ。庭の片隅に小さな飼育小屋のようなものがあったが、生き物の姿は見えない。

屋敷の隅々まで、ねっとりとした陰気に沈んでおり、まだ明るいはずの空が陰って見える。濡れ縁を歩いているだけで、空気の重苦しさを感じた。

案内する男、平太《へいた》は、まだ若いようだが、時折小さく咳《せき》をする。病んでいるというほどではなさそうだが、あまり体調がよくないようだ。訊《たず》ねてみると、ここ一年ほど、ずっとそんな状態だという。

——まずいな。

鶴丸は眉根《まゆね》を寄せた。

屋敷内は、明らかに陰鬱《いんうつ》とした気に包まれている。御簾《みす》などは開け放たれていて、冷たい外気が入ってきているのにもかかわらず、陰の気は晴れていく様子が全くない。普通の状態ではありえないことだ。

——どこ？

鶴丸は、意識を張り巡らせながら、辺りを探る。この屋敷のどこかに、必ず原因があるはずだ。

しかし、呪術自体は非常に弱いものなのだろう。どこから来ているのかわからない。

「こちらです」

案内されたのは、奥まった部屋だった。家主は寝込んでいたわけではないらしく、一段高い位置に男が座っていた。

白峰明人であろう。三十六歳という話だが、病み上がりのためか、それよりは老けて見えた。

板張りの部屋はがらんとしており、部屋を区切っている几帳《きちょう》もかなり古いものだ。宮勤めをやめたせいで、生活が苦しいのかもしれない。

しかし男のまとっている狩衣《かりぎぬ》は絹で上等なものだ。表地は黄色、裏地は青の秋の彩りである。

痩《や》せて、お世辞にも肌艶《つや》が良いとはいえないが、現在は病気であるというより生気がないという感じに見える。

「検非違使《けびいし》どのが、いかような用事で参られたのか？」

迷惑だと思っているのを隠そうともしない。もっとも、この反応は特に珍しいものでもない。検非違使を歓待する人間の方が珍しいともいえる。

「今宵《こよい》は、娘のところに初めて婿が来られるのだ。用件は、早々に願いたい」

「婿？」

鶴丸と孝行は顔を見合わせた。

占いにあった『縁談』はこの屋敷のことかもしれない。それならば、先ほどの『あやかし』も関連している可能性がある。

屋敷に漂っている陰気から見ても、無関係とは言い切れない。

「失礼なことを申し上げますが」

鶴丸は腕の陰陽の印を明人に見せながら、辺りに目を配る。

「婿さまのご来訪というのはまたとない吉事でありましょうが、この屋敷には吉日とは思えぬ不穏な陰気を感じます」

「な？」

明人の顔が驚愕《きょうがく》に歪《ゆが》む。しかしながら、鶴丸の持つ陰陽の印は、陰陽寮の許可がなければ付けられぬものだ。戯言《ざれごと》と切り捨てられるものではない。

「このような状態で縁を結ぶのは得策ではございません。とりあえず日延べなさって、まずは屋敷全体の祓《はら》いを行うことをお勧めいたします」

「それは……できぬ」

明人は首を振った。

「なぜにございますか？」

運気が悪いから日延べをするというのは、それほど珍しいことではなく、相手に対して失礼でもない。運気が悪い時に縁を結べば、それは相手方にも及ぶことになる。

理由が全く理解できない。

「ようやくにまとまった縁談なのだ。日延べすれば、この家は終わりだ」

「どういう意味ですか？」

思わず詰め寄ろうとした鶴丸を、孝行は目で制した。

「それは、先方が乗り気ではないということですか？」

「いや、そういうことでは……」

明人の表情は苦い。どうにもスッキリしない表情である。

「ならば、日延べしたところで、縁談がなくなるものでもないのでは？」

孝行の意見は正論だ。相手が望んでいるのであれば、吉日に日延べすることに反対する理由はわからない。

「……つくろっても、仕方のないこと」

明人は大きくため息をついた。

「屋敷内をご覧いただいて、気づかれたかもしれないが、うちの家計は困窮しておる。私の復職もままならない状況だ。この度の縁談が流れるようなことになったら、この屋敷を売り払わねばならない」

なるほど、と鶴丸は思った。

つまり、日延べすれば、生活に困る、ということなのだ。

「先方は、そのことはご承知で？」

「婿に入れば当座の生活の保障と、私の仕事の世話もしてくださるとの言葉をいただいている」

「随分と太っ腹な婿どのですな。相当、姫君に入れ込んでいらっしゃるようだ」

婿入り先の家の支援だけでなく、舅《しゅうと》の仕事のあっせんを保証できるとなると、相手はかなりの大貴族なのであろう。

「ご息女は、今回の縁談をご承知なさっているので？」

もちろん、貴族の娘ともなれば『縁談』は、親の都合で決められることも多いだろう。拒否する自由はあってないようなものかもしれない。

しかし愛はなくとも、大貴族の妻となる方が、食うや食わずの生活より、暮らし向きは楽になる。結婚と離婚を繰り返して生きていく貴族の女性は珍しいものではない。

とはいえ、屋敷内に漂う気は、少しもハレの日にふさわしいものでない。呪術の力の影響があるにせよ、弾むような気持ちがあれば、陰気は多少晴れるものだ。

「承知はしておる」

明人の言葉は苦しげだ。

「無理強いはしておらん。娘は自分から『承知』と先方に返事をしたのだ」

「では、明人さまは、当初、ご反対なさったのですね？」

明人の表情に苦悩の色があるのを鶴丸は見逃していない。娘を人身御供《ひとみごくう》に出す、そんな後ろめたさが、言葉の端ににじみ出ている。

「そんなことは……」

明人は、否定の言葉を言いかけてやめる。鶴丸の顔を見て、大きくため息をついた。

「隠しても無駄のようだ。そう、私がこんな状態でなければ、娘がなんと言おうとも、立場上断れないにしても、このような縁談、お受けしたくはなかった」

明人は目を閉じる。膝《ひざ》の上に置いた手が、小さく震えていた。

「娘の雪《ゆき》は、十八で、まだ初婚。身分は低くとも、正妻に出してやりたかったということもあるが……何より、娘婿は私よりかなり年上で」

「え？」

鶴丸と孝行は顔を見合わせた。

明人は、三十六と聞いている。それより上、となると四十、五十。十八の娘の相手としては、さすがに離れすぎだ。明人の迷いの意味も分かる。

「お相手は、杉森兼芳《すぎもりかねよし》さまにあられる」

「杉森さま？」

孝行は首を傾げた。

「ひょっとして、参議の杉森さまですか？」

驚きを隠せない孝行に、明人は無言で頷《うなず》いた。

「……それは、さすがに」

孝行は眉根を寄せた。

「どういうことですか？」

「参議の杉森さまは、御年、五十になられる。老いてもなお、非常に好色で有名だ。妻は俺が知っているだけで、七人はいらっしゃる。美しいという女性の評判を聞くと、我慢できぬという噂の方だ。もっとも、人事にも力をお持ちだから、職を用意するのは簡単かもしれない。財力もある。約束した言葉に嘘はないであろうが……」

鶴丸は絶句した。

自分の父親よりはるかに年上の男の妻になる。

もちろん、現状、鶴丸は誰かの妻になることはできないし、そのつもりも予定もないが、自分がその立場になることは、全く想像がつかない。

それでも、明人の娘の雪は、自ら縁談を承諾したのだ。

父と家のためなのか、それとも、本当にそれで良いと思ったのか。

ただ、本人が良いと思った縁談ならば、屋敷の陰気は説明がつかない。

「ご息女に、ご面会できませんか？」

鶴丸は、まっすぐに明人を見つめる。

「日延べできぬとしても、せめて少しでも陰気を祓いませんと、家運の傾きはひどくなる一方です」

「家運の傾き？」

「その杉森さまが強い気をお持ちでも、この屋敷に満ちた陰気を祓えるほどの方では、ないと思われます」

最悪の場合、杉森参議ごと運気が下がり、白峰家は救われないままとなるだろう。

なんにしても、望まざるを受け入れなければならない立場に追い込まれているのだ。それが、陰気の要因の一つであることは間違いない。

鶴丸の説明に、明人は唸《うな》り、再び平太を呼んだ。

「どのようにすれば、運気は上がるのであろうか？」

「まずは下げているものの原因を、突き止めることです」

おそらく、もともとの呪術《じゅじゅつ》はたいして大きいものではない。しかし、だからこそ、特定が難しい。現状、呪術より、状況的にひきよせられた陰気のほうが濃くなっており、そちらのほうが深刻な状態を作っている。

部屋を出て行った平太が、戻ってきて明人に耳打ちをした。

「陰陽師《おんみようじ》殿と検非違使殿、娘の部屋へご案内いたそう」

明人は立ち上がると、几帳の奥へと二人を導いた。

案内された雪の部屋は、中庭に面していて明るかった。

他の部屋と違い、新しく作り直された几帳がかけられているのは、白峰家のせめてもの矜持《きようじ》なのかもしれない。にもかかわらず、部屋にはよどんだ空気が立ち込めている。臭いこそないものの、先ほどの死体のあった路地の方が気楽だったとまで思うほどだ。

明人は、部屋に案内すると女房の一人に後のことを言いつけて、去っていった。

孝行と鶴丸は中庭を背に座る。正面には御簾《みす》があり、その向こうに若い女性が座っていた。

御簾ごしのため、ハッキリとはわからない。十八というと、鶴丸と同じ年だが、少しやせているようだ。

長く黒い髪を垂らし、紅色の袿《うちき》は絹織物らしく、やわらかな光沢を放っている。紅から白への美しい重ねの色目は、ハレの装いだ。

紅をひいた唇はギュッと結ばれていて、身体は小刻みに震えている。

鶴丸たちが案内されてからずっと、女は俯《うつむ》いたままだ。婚礼を今宵《こよい》に控えた娘にしては、随分と陰気な雰囲気だと思う。

女性として生きたことのない鶴丸だが、これはどう考えても、彼女が自分で望んだ婚礼ではないと思う。その姿からは、怯《おび》えと悲しみと絶望しか感じられない。

それほどまでに、思いつめた表情をしている。

「今回の縁談、明人さまによれば、お父上の無理強いではないと伺いましたが、本当ですか？」

鶴丸は単刀直入に聞いた。

容赦がないといえばないけれど、婉曲《えんきょく》に聞いたところで、同じことだ。時間もない。

「ええ。私の意思です」

娘、雪は、か細い声で答えた。

「お父上をはじめ、ご家族のために、と思われてのことでしょうか?」

雪は答えない。御簾ごしでもわかるほどに、肩が震えている。

答えを聞くまでもない。自分を押し殺し、家族のために選んだことなのだろう。

「あなたの、自分を犠牲にして周りを生かそうとする、そのお心は美しく、理解はできますけれども」

あまりにも強く心を殺しているがために、自分の未来がどんどんと暗いものになっていることに彼女は気がついていない。

「年齢が離れすぎている相手でも、不幸になるとは限りません。あなたに幸福になろうという意思があるのであれば可能です。試してみましょう」

鶴丸は立ち上がり、御簾を持ち上げた。

「えっ」

雪は慌てて、檜扇《ひおうぎ》で顔を隠す。

「お、おい、塚野どの」

孝行が驚きの声を上げた。

妙齢の貴族子女は、御簾から出ないのが常識。

よほどのことがない限り、赤の他人に顔をさらすことはない。御簾から引っ張り出す行為は、この上もない非礼である。

そんなことは、鶴丸もわかっている。しかし、この陰気を祓《はら》うには、荒療治がまず必要だ。

部屋に漂うよどんだ空気の重さは、そこにいるだけで、健康な人間でも押しつぶされそうなのだ。御簾の向こうは、さらに暗いものが溜《た》まっている。そんな中にいては、ひとかけらの希望も見えなくて当然だ。

「一度、そこから外に出て、空を見上げてください。御簾の奥で、暗い床を眺めていても、幸せは訪れません」

鶴丸は手を差し出し、雪の手を引いた。

ゆっくりと御簾から外に出た雪は、ぶるぶると震え、青ざめた顔をしている。ほっそりとした身体は、今にも壊れそうだ。大きな目には涙が溜まっている。

鶴丸は、強引に外が見えるところまで連れ出した。

「空を見上げて、大きく息を吸い、『私は幸せになる』とおっしゃってください」

無茶を承知で、鶴丸は雪に言葉を促す。

雪は唇を微《かす》かに動かし、頭を振った。何度か試みようとしたが、雪の言葉は声にならない。

ボロボロと涙がこぼれ落ちた。

ある意味、予想通りだった。

「その言葉を口にすることもできないほど、あなたは不幸だ」

鶴丸は冷静に指摘する。

「この屋敷のどこかに、運気をゆがませる呪術が掛けられています。ですが、それ以上に、あなたの悲しみ、怯え、絶望のすべてが、この屋敷に陰気を引き寄せている」

「わ、私……」

雪は床に倒れるかのように伏せ、声を上げて泣き出した。こらえていたものが、全て噴き出したかのようだ。

鶴丸は、雪の背に手を置き、優しくなでる。

おそらく、周囲に悲しみを見せまいと、必死でこらえ続けてきたのであろう。

「あなたの状況は客観的に見ても不幸です。しかし、良いこともあると信じたからこそ、あなたはその道をご自分でお選びになった。そうですよね？」

同情ではなくて、事実を鶴丸は口にする。

泣いて、苦しんでいるだけでは、事態は好転しない。それは雪にだってわかっていることなのだ。

「相手は年老いた参議。夢中にさせて、絞れるだけ絞り、貢がせればいいのです。美味《おい》しいものを食べ、美しい衣をまとい優雅に暮らしましょう。参議など、あなたの美貌《びぼう》で手玉にとっておやりなさい」

ニヤリと出来るだけ人の悪い笑みを浮かべ、鶴丸は雪に話しかける。

変わらないものもある。でも、考え方ひとつで、変えられるものもあるのだ。

「……」

雪は泣きじゃくりながらも、鶴丸の言葉にわずかに微笑した。

「あなたは、自分が不幸になる未来しか見ていない。それは、自分が不幸になるという呪いを自分で自分にかけているも同じこと」

「呪いを？」

「そうです。抗《あらが》えぬ運命は確かに存在します。けれど、自分が不幸だと思ったら、絶対に幸福にはなれません」

鶴丸は空を仰いだ。

自分は女として生きることを禁じられたけれど、少しも不幸ではない。

どんな状況からでも、生きてさえいれば、人生を逆転していくことは出来るのだ。それは、きっと、雪も同じだろう。

「もう一度、言ってみてください。『幸せになる』と」

雪は涙を拭《ふ》いて、こくりと頷《うなず》く。

「……幸せになりたいです」

なる、とは言えないまでも、雪はようやくに空を見る。

外からの風が部屋に吹き込んだ。

重苦しい何かが流れ、傾き始めた陽光が部屋に差し込んで、陰気が晴れた。

中庭の池に、朱に染まりはじめた陽光が反射している。先ほどまでと変わらない光景なのに、色彩が鮮やかに感じられた。

涙のあとはまだ乾かない雪ではあるが、その表情は幾分明るくなったように見える。

「少し、陰気が晴れましたね」

鶴丸は、ふぅとため息をついた。

「終わったのか？」

「いえ、まだです。これから本当の原因を探さねばなりません」

鶴丸は庭に目を向けた。

降り積もった木の葉が、風に舞う。そして、飼育小屋と思《おぼ》しき空の小屋の入り口に山のように積もっていくのが見えた。

「あの小屋は？」

鶴丸は雪にたずねた。

貴族が屋敷で動物を飼育すること自体は珍しくないが、小屋の大きさが微妙だ。馬や牛を飼えるほど大きくはなく、鶏などの飼育にしては大きい。

「三か月ほど前まで、犬がいたのです」

「犬？」

雪の顔が寂しげに曇る。

「長年、飼っていたのですが、突然、いなくなってしまったのです」

「いなくなった？」

「はい。もともと繋《つな》いだりしておらず、小さなころから、この庭で自由にしていても逃げたりはしなかったのです。我が家の暮らし向きがどんどん悪くなったので、この家を見限って出て行ったのかもしれません」

鶴丸は、孝行と顔を見合わせた。

確証は全くないが、なにかがカチリと音を立てたような気がした。

「その犬は、どんな犬だったのですか？」

「白い毛の大きな犬です。ちょっと狼みたいな外見で、頭の良い子でした。仔犬のころ、父がもらってきてくれて。私の大事な友達でした。いつも一緒にいたんですよ」

懐かしそうに雪は小屋の方を眺める。

「何か思い出の品などはございますか？」

「え？　あ、はい」

雪は頷き、部屋の奥に置いてあった引き出しから、木の箱を取り出して持ってきた。

鶴丸が開いてみると、そこには銀の鈴が入っていた。

柔らかな想いがにじみ出ている品だ。

「疾風《はやて》が仔犬のころから、つけていた鈴です。あの子がいなくなった後、小屋の中に落ちていました」

鶴丸はじっと鈴を見つめる。

「お借りしても？」

「はい。かまいませんが」

「日が落ちる前に、小屋と中庭の方も見せていただきます。よろしいですね？」

雪に頭を下げると、鶴丸は鈴をていねいに布でくるみ、懐にしまった。

庭の木の影が、長くなり始めていた。

犬小屋は、大人がうずくまって入れるほどの大きさで、中にむしろが敷かれている。どうやら、ずっと犬がいたころのままになっていたようだ。ほんのわずかだが、獣臭が残っている。

むしろに引っかかっていた毛は白い。ちょうど人が喰《く》われていた現場で見た獣の毛によく似ている。

「どう見る？」

孝行の問いに、鶴丸は軽く首を振った。考えがまとまらない。

「現場のあやかしと、この家の犬の関係、そして呪術《じゅじゅつ》。すべてが一つにまとまっているようで、すべてがバラバラになっているようにも感じます」

無関係ではありえないと思うのに、つなげるだけのものがない。どうにももどかしい。

「そろそろ夕刻だ。婿の訪問だというからには、間もなく参議がやってくる。俺としては、参議に事情を話し、今回は延期してお帰りいただいた方が良いように思うが……」

「白峰さまがそれを受け入れてくださるかどうか」

鶴丸は大きくため息をついた。

先ほどの話からも、白峰の家が困窮していることはひしひしと感じられた。

そもそも延期できるようであれば、娘の様子を見て縁談の取り下げも考えたに違いない。

多くの陰気を呼び寄せたのは雪の気持ちであるけれど、雪を追い詰めたのは、間違いなく白峰の家の現状だ。

「これだけの陰気に始終包まれていると、正常な判断ができなくなってしまいます。現在の白峰さまは、まさにその状況かもしれませんね」

多少晴れたとはいえ、まだ屋敷の陰気は濃い。人というのは、陰鬱《いんうつ》な気分に陥ると、悲愴な想像ばかりしてしまう生き物だ。それがさらに、事態を悪くしてしまう。

「呪術の原因は、わからないか？」

「……そうですね、おそらく原因となるものが、どこかに埋められていると思います」

鶴丸は目を凝らすが、はっきりとしたものは見えない。

呪術がもたらしている陰気より、そこに住む人間の心に落ちている影の方が大きく、気の流れがつかみにくい。

泥水の中に、落ちているモノを拾うような感覚である。

それでも、見つけなければならない、と思う。

「待て」

不意に、孝行が空を仰ぐように見上げ、動きを止めた。

「犬の遠吠《とおぼ》えだ」

暮れかけた空に響き渡るような、鳴き声だ。

「野犬でしょうか？」

「わからん。が、行ってみよう」

この屋敷の呪術を放置するわけにはいかないが、野犬が現れたとなれば、そちらの方を優先しなければならない。

孝行と鶴丸は、平太に念のため声をかけ、門を出た。


ほぼ日が沈みかけ、大路に落ちる建物の影は色濃く長く伸びている。

天に轟《とどろ》くような、犬の咆哮《ほうこう》がした。

「ば、ばけものっ！」

複数の悲鳴のような叫び声。

何かが引き裂かれるような大きな音が響く。

白峰家の門を出た鶴丸と孝行は、悲鳴のおこった方角を見た。

「う、牛がっ！　と、止めろっ！」

誰かの叫び声だ。土埃《つちぼこり》が舞って黒い塊が、こちらに向かってくる。

一瞬、どうしたらよいかわからなかった鶴丸の腕を、ぐいっと孝行が後方へと引き戻し、鶴丸の身体は孝行の大きな胸に引き寄せられた。突然のことに鶴丸はどきりとする。

「動くな」

頭の上で孝行が囁《ささや》く。

土埃をあげながら、血走った目の牛が鶴丸のすぐ前を駆け抜けていった。

おそらく牛車を引いていた牛であろうが、我を失っており、とても手が出せる状態ではない。

鶴丸は、ひやりとする。

孝行が腕を引いてくれなければ、避《よ》けられなかった。

「た、助けてくれっ」

悲鳴が再び響く。

「あっちだ」

孝行は鶴丸から手を離すと、牛の走ってきた方角へと走り出した。

ツンとする強烈な臭い。濃厚なこの世ならざるものの気配だ。

「大江どの！」

鶴丸は、孝行の後を追いながら叫ぶ。

この気配は、死体のそばに残っていたものと同じだ。思っていたよりも、ずっとずっと強い力を持っている。

ちょうど四つ辻《つじ》にぶち当たった時、白い影が鶴丸の上を跳び越えた。

「何？」

鶴丸は目を見開く。

重さを感じさせぬ着地。

鋭い目は、赤い光を放っている。

ピンと立った耳、白く美しい毛並み。大きな口。くるりと巻いた尾。

犬に似ている。

だが、犬だとしたら、常軌を逸した大きさだ。牛と同じほどの体格である。

「悪霊退散！　急急如律令！」

札を振り上げて叫んでいる男がいる。

——あれは？

鶴丸は、男の持っている札が発する気を見た。

もっとも、獣には全く効いていない。

獣は、そのまま、その男に襲い掛かった。獣の方が圧倒的に強い。

「うわぁぁ」

身体を体当たりで突き飛ばされ、男は悲鳴を上げた。陰陽師《おんみょうじ》のようだが、陰陽寮の人間ではない。おそらくはもぐりの呪術者だ。

貴族によっては、陰陽寮非公認の呪術者を個人的に雇い入れて、祓《はら》いや占い、呪いなどをさせたりする。この男はそういった呪術者なのであろう。

獣は、威嚇するように、大きく吠《ほ》えた。

耳がびりびりする。堀のそばに植えられていた、梅の木の幹が折れ、倒れた。

——強い。

鶴丸の全身の肌が粟立《あわだ》つ。

もともとの獣としての優れた運動能力に加え、この世ならざる力を併せ持っている。咆哮は、刃《やいば》となり全てを引き裂く。

その目に宿るのは、まぎれもない知性であり、強い憎しみだ。

「あっちへ行け！」

呪術者の男と同じ家の使用人だろう。数人の男たちが太刀を抜き、悲鳴のように声を上げている。勇ましく立ち向かっているのだが、顔は恐怖に歪《ゆが》み、腰は引けている。呪術者の男は気を失ったのか倒れ伏したままだ。

男たちの脇には、先ほど逃げた牛が引いていたと思われる網代車《あじろぐるま》が横倒しになっていた。かなり牛が暴れたのだろうか。軛《くびき》の部分は折れてしまっている。よくみれば、車軸もゆがんでおり、斜めに傾いた車の中から、人がはい出そうと必死になっている。上等な絹の服だ。おそらく裕福な人間であろう。

「去レ、邪魔ヲスルナラ、殺ス」

片言の言葉を発したのは、白い獣だった。大きな口に、鋭い牙《きば》がのぞく。

再びの咆哮とともに、堀のそばの塀が崩れた。

「ひっっ」

太刀を構えていた男たちは声を上げて、一斉に逃げ出した。

「おっおいっ、待てっ、ワシを助けよっ！」

ようやく車からはい出ることができた男が、金切り声をあげている。が、おそらく使用人であろう男たちは男を置いて立ち去ってしまった。

倒れた呪術者の男だけは残っているが、ピクリとも動かない。

もっとも、目の前のあやかしは、大きさからして尋常ではない。よほど腕に覚えがない限り、逃げたくなっても不思議はない。

「何が目的だ？」

声を発したのは孝行だ。すらりと太刀を抜き、問いかける。孝行は臆《おく》した様子もなく、獣の前に立つ。

獣のほうも、孝行の動きに警戒心を抱いているようだ。

太刀が夕日の残光を浴び、赤い光を放つ。

「退《ど》ケ」

それは孝行を睨《にら》みつけ、低い唸《うな》り声をあげた。

孝行の頰の皮膚が裂け、赤い血がにじむ。

「退ケ。男ヲヨコセ」

「男？」

孝行は後ろを振り返る。車から這《は》い出してきたのは、老いた男だ。無様な体勢をしいられたせいで、烏帽子《えぼし》が歪み、土埃をかぶってはいるが、かなり高貴な立場の人間であろう。

「参議の杉森さま？」

孝行は問いかけたが、男に答える余裕はないようだ。

「助けてくれ、助けてくれ」

呪文のように叫びながら、男はずりずりと這いずって孝行の後ろに隠れようとしている。

その姿に、高貴さは欠片《かけら》も感じられない。

しかし時間的に、白峰家を訪れるために杉森がやってきてもおかしくない頃あいだ。

男の年齢も五十くらいだろう。

鶴丸は獣を見つめる。

獣の目は冷たく、老いた男だけを映している。

そこに浮かぶ光は、まさしく憎しみの光だ。

「……その憎しみ。その姿。ひょっとして、あなたは疾風ですか？」

ピクンと、獣の耳が震えた。

一瞬、何かを思い出したかのように鶴丸を見た。

「ひゃぁぁ」

老いた男が悲鳴を上げた。どうやら、逃走しようとして、あやまって堀に足を突っ込んだのであろう。

獣の目が男の方へと向けられ、再び低い唸り声をあげる。

老いた男の姿をその目に捉《とら》えるたびに、白い獣の身体に、濃い闇がまとわりついていく。

憎しみが闇を呼び寄せているのだ。

闇は白いその美しい身体に、少しずつ染みこんでいく。獣は苦しげに呻《うめ》き声をあげる。

それは獣の身体を痛めつけながらも力に変わっていくようで、獣の力はますます大きなものへとなっていく。

「殺ス」

足に力をこめ、獣は跳躍した。見た目の重量感に反し、実にかろやかな動きだ。

「身体束縛、急急如律令！」

鶴丸は懐から札を取り出し、獣めがけて投げつける。

札は金色の光を放ち、白い獣を空中で縛り上げていく。金色の光が獣の身体全体に巻き付くと、ドスンという音とともに、大地に倒れ堕《お》ちた。

大きく咆哮を上げながら、なおも暴れる。しかし、金色の光は、さらに束縛を強めていく。

「大江どの、そちらの方を後ろへ」

鶴丸は叫び、獣の前に走った。

これは、鶴丸の仕事だ。鶴丸は確信する。

あるいは、孝行なら、獣を倒すことができるかもしれない。

だが、救えない。救うことができるのは、陰陽師である鶴丸だけだ。

「わかった」

孝行が堀に片足を突っ込んだ男を引き上げて、後ろへと下がっていくのを横目で見ながら、獣に向かって話しかける。

「あなたは、疾風ですね？」

獣は答えない。答えないが、目は鶴丸の姿を捉えている。

「あのひとを殺《あや》めたとしても、雪さまは救えません」

ピクリ、と獣の耳が震えた。明らかに、雪という名に反応している。

「嘘ダ……力得ル。助ケル。聞イタ」

苦悩に満ちた声に、純粋な想いがにじむ。

「そのような力では、白峰家は救えないのです」

鶴丸は獣に向かって手をのばした。

「嘘ダ」

獣は、犬歯をみせて、鶴丸を威嚇する。

「塚野どの！」

孝行が制止の声を上げる。しかし鶴丸はためらいなく、牛ほどもある大きな獣の身体をその手で抱きしめた。

肌でふれるとその身体から、言葉にできぬ強い念が伝わってきた。黒々とした憎しみではなく、もっと優しい強い想いだ。

「そうですね。あなたは、雪さまをただ、救いたかったのですね」

その思いはあまりにも純粋で。純粋だからこそ、真っすぐに力を追い求めた。

疾風の身体は、もはや犬ではない。大きさだけの問題ではなくて、人の肉を喰《く》らい、穢《けが》れをまとって、あやかしと化している。その咆哮《ほうこう》で人を殺めることだって可能だ。これだけの力を得れば、杉森を殺すことはできるだろう。だが、雪は救えない。

「穢れた力では、陰気を祓うことはできないのです」

どうしてこれほどまでに、穢れてしまったのだろう。

人の肉を喰らった犬が、全てあやかしになるものではない。疾風の純粋な想いだけでも、そうはならない。そこには自然ならざる力が働いている。

「雪……泣ク……助ケタイ」

「わかっています。でも、まず、私はあなたを救いたい」

鶴丸は優しく疾風の身体に触れる。憎しみや苦しみを喰らって、すっかり穢れているにもかかわらず、疾風の心は悲しく、優しい。犬は、もともと賢い。人の言葉、気持ちを理解し、寄り添うことのできる生き物だ。

「なぜ……こんなことに」

鶴丸は手刀を作り、呪文《じゅもん》を唱え、空中に円を描く。

「青龍《せいりゅう》・白虎《びゃっこ》・玄武《げんぶ》・勾陳《こうちん》・帝台《ていたい》・文王《ぶんおう》・三台《さんたい》・玉女《ぎょくにょ》」

光が渦となって銀板が現れた。

「闇と結びしものを見せよ」

鶴丸の言葉に応《こた》えて、銀板は鏡となって、疾風を映す。


先ほどの犬小屋が映っている。

雪が真っ白な犬を抱えて泣いていた。

静かに、肩を震わせ、目をはらしている。

「疾風……助けて。私を助けて」

犬は、ただ、見上げるしかできない。その手を舐《な》めても、雪の顔は晴れない。小さく声をかけても、雪の心に届かない。雪の笑顔を最後に見たのはいつだったのか。日に日にしぼんでいく雪の心を、ただ、見つめているしかできない。

「力が欲しいか」

闇に響く声。鳴り響く、琵琶《びわ》の音。

顔は見えない。

「憎しみを抱えて死んでいくものを喰らえ。さすれば、滅びの力を得ることが可能だ」

真っ白な犬に暗闇がまとわりつき始める。

暗闇の先に立つ人の気配とともに、全てが闇に包まれて……。


鏡面が黒ずんで光が霧散して消える。

――今のは？

鶴丸は息を飲む。

誰かが仕組んだことなのは確かだが、その相手を追うことは不可能だ。術は既に術者の手を離れて、つながりはかなり前に切られている。痕跡《こんせき》はこれ以上残っていない。ただ、この気配は知っている。

――私はあの琵琶の音を聞いたことがある。

「オ前、奴ノ臭イ、スル」

疾風は鶴丸に囁《ささや》いた。疾風も、それを感じたようだった。

「そうかもしれない」

鶴丸は頷《うなず》く。霧散した鏡の向こうに目を凝らしたが、もはや何も見えない。

「塚野どの？　大丈夫か？」

孝行が鶴丸に声をかけてきた。

「大丈夫です」

鶴丸は孝行に笑んでみせた。

夕日は落ちて、既に辺りは暗くなりはじめている。

「これを覚えていますか？」

ちりん。

銀の鈴の音が優しく響く。

鶴丸は、雪から預かった鈴を疾風に見せた。

その目がそっと閉じられる。

「帰リタイ」

白峰の屋敷へ帰りたいということだろうか。それとも、雪と遊んだ仔犬のころにだろうか。

震えるその背を抱きながら、鶴丸は疾風の想いを痛いほど感じる。

疾風の心にあるのは、幸せだった白峰の家での雪との優しい思い出だ。

鶴丸は鈴を疾風の首に結び付ける。

「六根清浄、急急如律令」

呪を唱え、穢れを祓《はら》う。白い毛が柔らかな光を放ち始めた。

「雪……助ケテ」

「はい。必ず、助けてみせます」

鶴丸が頷くと、疾風は淡い光につつまれて走り出し……鈴の音とともに遠い空へと消えていった。


夜の帳《とばり》が下りはじめ、空に月が昇る。

明るい月明りで、かろうじて物の形はわかるが、民家の灯《あか》りの届かぬ大路だけに、人の顔の表情はよくわからない。

「終わったのか？」

禍々《まがまが》しかった空気がすっかりと澄み渡ったのは、素人の孝行にもよくわかる。

鶴丸が巨大な犬のあやかしと何を話したのか、理解できないところもあったが、あの犬は救われて天に旅立ったのであろう。

淡い光とともに消えたあやかしは、どこか神々しくもあった。

「そうですね。とりあえず、ここではなんですので、白峰さまのお屋敷に参りましょう。そちらの方も、おそらく白峰さまのお屋敷が目的でしょうから」

「まあ、そうだな」

白峰の屋敷の状態は放置したままであったし、暗くなっていくばかりの大路で立ち往生していても仕方はない。老いた男はともかく、気絶した男はそれこそ、ここに放置しておくと野犬に喰《く》われるかもしれない。

「この網代《あじろ》車は使い物になりませんね」

鶴丸がため息をついた。車軸が歪《ゆが》んでいるだけでなく、そもそも牛もいない。

「仕方ない。この男は、俺が担いでいく」

孝行は、弓矢と矢筒を鶴丸に渡し、ひょいと倒れた男を肩に担ぎあげた。

「お、おぬし、わしに歩けと？」

座り込んでいた老いた男が、不服そうな声を上げる。担がれるのは自分だと思っていたのだろうか。

そもそも危ないところを助けられたというのに、感謝の言葉一つ口にする気はないようだ。

——まいったな。

いくら殿上人で高貴な人間だとはいえ、さすがに呆《あき》れた。

別に礼を言われたいわけではないが、そのような相手に好感を持てというのは無理な話だ。

鶴丸は、先ほど雪に幸せになろうと思えと言っていたが、このような男が相手では、鬱々《うつうつ》とするのも仕方ないのではないかと思う。

「いかに鍛えているとはいえ、さすがに私も二人は担げません。こっちの陰陽師《おんみょうじ》どのは、見た通りの細腕。人を担ぐのは無理かと」

孝行は言葉だけは丁寧に答えた。

「歩くのがおいやなら、迎えが来るまでここに残られてはいかがですか?」

鶴丸の口調はいつになく冷ややかだ。こらえてはいるようだが、かなり怒っているようだ。

非礼な態度になのか、それとも、別の何かになのかはわからない。

「その男の方が、大事と申すか?」

鶴丸は答えない。答えたくないというよりは、口をついて出そうな何かをこらえているかのようだ。

「気絶した男をここに放置すれば、野犬に襲われ死ぬやもしれませぬ。そのような死を迎えたものは、十中八九祟《たた》ります。生きたあなたであれば、野犬のエサとなることはありません。どちらかが残るとするなら、あなたが残るべきです」

孝行は言葉だけは丁寧に説明をする。

「もちろん、この男が祟るのは見ず知らずの我らではなく、あなたさまの方でありましょう。ご承知いただければ、ご要望にお応えして、この男をここに打ち捨て、あなたの方を担ぎましょうか？」

老いた男は、ムッとした顔をしながら、よろよろと立ち上がった。

孝行は肩に気絶した男を担ぎ上げ、その脇を孝行の弓をかかえた鶴丸と、老いた男が歩く。

それほど長い距離ではないが、灯りのない道だ。

大路を歩き、白峰の屋敷の門に何事もなくたどり着くと、さすがに安堵《あんど》した。

「検非違使さま？　そちらの方は？」

おとないを入れると、先ほどの平太が顔を出す。老いた男は咳払《せきばら》いをした。

「わ、わしは参議の杉森じゃ」

「な、なんと杉森さま？」

検非違使と参議の組み合わせは予想外だったであろう。そもそも、牛車にも乗らず、徒歩での訪問は思ってもみないことだったに違いない。

「野犬に襲われておられたところをお救い申し上げました。気絶なさっている方もおられます。杉森さまのお屋敷の方へご連絡を取っていただきたいと思いまして」

さすがに好色と噂される杉森も、今宵《こよい》、雪の元へ行くことはせず、屋敷に連絡をとって迎えを頼むことに異論はないようだった。

鶴丸と孝行は倒れている男ともども、濡《ぬ》れ縁《えん》から一番近い部屋に案内された。

先ほどとは違う部屋で、明人の姿は見えないが、あまりの事態に屋敷中が大騒ぎになっているようだった。

杉森は足を堀に突っ込んで濡れてしまったので、白峰に指貫《さしぬき》を借り受け着替えたのだが、その色目が気に食わぬらしく、ブツブツと文句を言っている。不平の多い男だ。

気を失っていた男は、水を飲ませ、しばらくすると、ようやくに意識を取り戻した。

浄蓮《じょうれん》という名のその男は、ここが白峰の屋敷だと聞いて、辺りをきょろきょろと見回している。

落ち着かぬ様子だ。

高燈台《とうだい》の灯りが風に揺れる。もともと陰気な雰囲気だった屋敷は、夜になってさらに陰気さを増していた。

杉森は上座に座り、何事かを呟《つぶや》いている。不機嫌さを隠そうともしていない。

「ああ、一応、お知らせをしておかなければなりません」

思い出したというように、屋敷の者がいなくなったのを見計らって、鶴丸は杉森に話しかけた。

「このお屋敷には、呪いがかかっております。ご依頼を受け、調査中なのですが、まだ、術は解けておりません。ここにおりますと、運気が落ちるとは思いますが、ご了承下さい」

「おい」

孝行はさすがに鶴丸の意図をつかみかねた。そんなことを言っては、杉森は縁談を破談にしてしまうかもしれない。いくら白峰家にとって手放しで喜べない縁談にしろ、この杉森という男がどうしようもなく非礼な男だというにせよ、それを妨害する権利は鶴丸にはない。参議である杉森との縁談は白峰家にとって、死活問題であり、最後の希望なのだ。

「当然、杉森さまはご承知のこととは思いますけれど」

にこりと鶴丸は杉森に笑いかける。含みを持った笑みだ。鶴丸にしては、随分と毒のある表情だと孝行は思う。こんな表情をする鶴丸を見るのは初めてだ。

「何の話だ？」

「このところの白峰家の様子から、不穏なものをお察しになったからこそ、呪術者《じゅじゅつ》をお連れになったのでしょう？」

鶴丸の視線を感じて、浄蓮は動揺している。

陰陽の印は、あくまでも陰陽寮が、一定基準を満たした陰陽師であるということを保証するものである。それがないからといって、祓いや占いをしてはいけないというわけではない。認可はなくとも、凄腕《すごうで》の術者もいると聞く。

とはいえ、認可を受けた陰陽師を前にすれば、居心地が悪いだろう。

それにしても、普通に考えて、女の元へ通うのに、わざわざ呪術師を連れてくるという話は聞いたことがない。鶴丸の言うとおり、杉森が気を利かせてこの男を連れてきたのかもしれない。

だが、孝行の目から見て、浄蓮は胡散臭《うさんくさ》く、風体からして怪しい。

参議である杉森が術者を連れてくるのであれば、陰陽寮に口利きを頼むのが普通ではないだろうか。

しかも、浄蓮は先ほど真っ先に気絶をしてしまうという失態を演じており、たいして力があるようには見えない。

「あれほどに強いあやかしと接した後です。本日の清めは、浄蓮どのも私もおそらく無理でしょう。この件は私が陰陽寮に持ち帰り、責任をもって処理をいたします。白峰の家と縁を結ばれるのは、その後の方がよろしいかと」

「さ、さようか」

杉森はどこか落ち着かぬ様子で、頷《うなず》いた。

何かがおかしい。

その違和感はどこに起因しているのだろうか。

鶴丸の杉森を見る目は、いつになく冷ややかだ。明らかな嫌悪がそこにある。

「ち、ちと用足しに」

浄蓮がふらふらと立ち上がった。

鶴丸は何も言わず、男が去っていくのをじっと見つめたあと、孝行の方を見た。

言葉は何もない。

ないが、孝行は鶴丸に頷き、立ち上がる。

「……俺も行ってくる」

それだけ告げると、ふらりと濡れ縁へと出た。

用足しに、と行ったくせに、厠《かわや》とは全く違う方角へ歩いていく浄蓮の背が見える。

孝行は、気づかれぬように、そのまま跡をつけた。


孝行が出ていくと、部屋には、鶴丸と杉森の二人だけになった。

齢《よわい》五十だというが、杉森はあれほどの目にあっておきながら、もはやケロリとしていた。体力があるのはもちろんだが、精神的にもかなり図太いようだ。

呪いの件で婉曲《えんきょく》に脅しをかけてみたものの、あまり気にした様子はない。

自分に災厄が降りかかるとは、全く考えてはいないのだろう。

鶴丸は、二人が出ていった濡れ縁の方を見る。かなり時間がかかっているようだ。

孝行に、浄蓮を追ってほしいとは思ったのだが、この杉森という男と二人きりという現状はかなりしんどい。

「ほほう。よく見ると、そなた、まれにみる美形よの」

杉森は、いつの間にか、距離を詰めて、じろじろと鶴丸の顔を覗《のぞ》き込み始めた。

背筋に悪寒が走るような視線だ。

「姉妹はおらぬのか？」

「……おりません」

杉森から顔を背け、鶴丸は冷淡に答えた。

本来なら、今宵、この屋敷の娘のもとへ通うはずであったのに、節操なしにもほどがある。鶴丸は呆れてモノも言えない。

いい加減うんざりしたころに、ようやく浄蓮と孝行が戻ってきた。

呪術の香りが漂う。ある意味、予想通りの結果だ。孝行に目を向けると、軽く頷いた。

完全に鶴丸の想いを読んで動いてくれたようだ。

「おや、見つけてくださったのですね」

鶴丸は浄蓮に嬉《うれ》しそうに声をかけた。浄蓮はぎくりとしたように身体を震わせる。

「隠さずとも結構ですよ。その懐にしまわれているモノをお出しください」

「えっと？」

浄蓮は首をかしげる。

鶴丸と浄蓮の話を聞きながら、孝行が後ろにさりげなく移動した。

「先ほどおぬしがこの家の床下から掘り出したモノの事ではないのか？」

孝行がニヤリと笑いながら、話しかける。

打ち合わせなど欠片《かけら》もしていないのにもかかわらず、孝行は、鶴丸の意図した通りに、畳みかける。鶴丸は内心舌を巻いた。

「な、なんのことでしょうか？」

浄蓮の声が震え始めた。

「しらを切っても無駄だ。おぬしが、この屋敷の者に無断で、屋敷内のものを持ち出そうとするなら、それは立派な盗人《ぬすっと》行為。見逃すわけにはいかぬ」

「盗人だなんて、とんでもないです。何も盗んでなどおりません」

浄蓮は必死で頭を振る。

そう。彼は盗んではいない。なぜなら、それは白峰の家のものではないからだ。

「説明は、検非違使《けびいし》庁で聞く。俺の目の前で行われたことを、見逃すわけにはいかん」

「そ、そんな」

浄蓮は、助けを求めるように杉森の方を見るが、杉森は素知らぬ顔をしたままだ。

助けはないと悟り、浄蓮は部屋から逃げ出そうと身体をひねるが、既に進路は孝行に阻まれている。

「逃げるとなるとますます怪しいのではないか？」

孝行に睨《にら》まれ、男は観念したのだろう。大きくため息をついた。

「その……見つけただけですから」

言いながら、懐から入れ物のようなものをとりだす。

陶器で作られたもので、手のひらほどの大きさをしている。少し深めの皿二枚をぴったりとくっつけてあり、さらには紙で封が施されていた。

鶴丸は浄蓮の取り出したそれを手に取って、しげしげと眺めた。

「間違いなく、この家を呪っているものですね。ありがとうございます。これは私がお預かりいたしましょう」

「い、いや、それは、私が責任をもって祓《はら》いますゆえ」

浄蓮は必死で訴える。頭を床にすり付けんばかりだ。

「できません。これは、大切な証拠となります。人を呪うのは、法に反すること。しかるべきところで、調査する必要がございます」

鶴丸は冷ややかに微笑した。

「どうしてもそれをお持ち帰りになりたいのであれば、仕方ありません。ここで私が術を返して、術者を特定しましょう。それが、決まりでございますので」

びくり、と浄蓮の肩が震えた。

浄蓮が真に、術具を見つけただけであれば、震えることは何もないはずだ。

「この屋敷は、今、この術具に込められた呪いよりはるかに大きな陰気に包まれております。ここで術を返せば、術者はもちろん、術者と縁を結んだ依頼者ともども、確実に破滅させることになりましょう。ああ、もちろん、私が術に勝てればの話ですけれど、それでもよろしいでしょうか？」

できるだけ自信たっぷりに鶴丸は言い放つ。実際にはそれほど、自信があるわけではないが、こういう時に虚勢を張るのも大事なことである。

浄蓮は口をパクパクと動かしながらペタンと座り込んだ。

「あなたが、この屋敷を呪ったことは、先ほど、あやかしに対して術をお使いになろうとした時にわかりました。素直にお認めになった方が、罪は軽くなりますよ」

「塚野どの、それは誠か？」

「はい。大江どの。間違いなく、この人が、この屋敷を呪った術者です。そして、それを依頼した人間が他におります」

鶴丸は断言する。

「なるほど」

孝行はすべてを得心した、という顔で頷いた。

浄蓮は、もはや抵抗も反論もする気力を失ったらしい。

杉森は、自分の使用人であったにもかかわらず、全く関わりはない、といった態度のまだ。

「杉森さま、この男は、我らが連行しますこと、ご了承いただけますかな？」

孝行は麻縄を取り出し、浄蓮を縛り上げる。

杉森はとりあえず、反論する気はないようだ。

「後日、杉森さまにもご事情をお聞きいたします」

「わしは、何も知らん」

杉森はふんと鼻を鳴らす。

「少なくとも、主従の関係はあるのですから、ご存じなことはあるはずです」

孝行は肩をすくめた。

「それとも、ご自身の使用人の管理もできぬほど、もうろくした老人だとでもおっしゃるつもりで？」

「な、何を無礼な。貴様、わしを誰だと思って」

「卑怯《ひきょう》でありましょう。雪さまを手に入れるために、術者を雇って白峰の家に呪いをかけさせ、ご自身は何も知らぬ、などと、参議ともあろうお方のなさることではありません」

孝行の言葉は丁寧ではあるが、遠慮というものが全くない。

「あまり、我ら検非違使を甘く見ないでいただきたい」

孝行は片眉《まゆ》をつりあげた。

「検非違使は、身分こそ低い役職でございますが、この緑安京の法と秩序を守れと皇帝陛下より、命ぜられております。参議といえども、我らの取り調べにはご協力いただかねばなりません」

「好きにしろ。わしは、何も知らんからな」

「それでもかまいませんよ」

鶴丸は、肩をすくめた。

「あなたが知らないというのであれば、それは構わない。我ら陰陽《おんみょう》寮に属する陰陽師は、呪法《じゅほう》を悪用するものは、決して許さないということだけ、覚えておいてください」

「ふん」

杉森は不機嫌そうに鶴丸を睨みつけ、平太を呼んだ。

「この者たちとは一緒にいとうない。部屋を替えてくれ」

「は、はあ」

「その必要はない」

孝行は首を振り、立ち上がった。

「俺たちは、このまま帰る。後は頼む」

挨拶《あいさつ》も手短にすまし、孝行と鶴丸は浄蓮を連れて、白峰家を退出した。


外は木枯らしが吹いている。

全てが寒々として見える季節だ。

戸板を風がカタカタと揺らすたびに、隙間風が吹く。

昼間ではあるが、こんなに寒いと戸を開ける気にはならない。手元に燈台《とうだい》の火を灯《とも》すと、油の臭いが漂った。

「ご苦労だな、塚野」

「恐縮です」

鶴丸は墨をする手を止め、頭を下げる。陰陽寮の長たる、頭の堀部左門《ほりべさもん》だ。あいかわらず、涼やかで秀麗な顔をしているが、その瞳《ひとみ》には柔らかい光が浮かんでいる。

「冷えるであろう、我慢をせず火鉢を用意したらどうか？」

「ありがとうございます。でも、すぐに終わりますので」

今日は、書類を書くためだけに出仕した鶴丸だ。

それほど長い時間、仕事をするわけではない、と思ってしまう。

「検非違使庁に出向していても、そなたは陰陽師。ここ、陰陽寮が本来の職場だ。そのように遠慮せずとも良い」

堀部の言葉は相変わらず温かい。検非違使庁に出向した鶴丸の居場所を、ここにも作っておいてくれている気配りが感じられる。

「そうそう。参議の杉森が罷免になった」

「そうですか」

鶴丸はホッとする。

白峰家の件は、検非違使庁、陰陽寮あげての共同捜査で、大きな事件としてたちまちに注目を浴びた。雪と杉森の縁談は破談となった。一連の事件で悲運な雪に同情が集まったこともあり、いくつか新たな縁談が舞い込んでいると聞く。

白峰明人は、元の職場に戻ることができ、暮らし向きも少しずつ良くなっているらしい。

「呪法を悪用するものは、我らは決して許さぬ。術者は無論、依頼した人間も同罪。これは陰陽寮の総意だ」

「はい」

鶴丸は頷《うなず》く。

今回の事件を鶴丸から聞いた堀部は、参議の名に臆《おく》することなく、率先して取り調べの陣頭に立った。

呪法を悪用するものを徹底して取り締まるということは、逆に、まっとうな術者を守ることでもある。悪用を許せば、術者は、恐怖の対象でしかなくなり、排除されかねない。

「私は、雪さまをお救いできたのでしょうか」

「少なくとも、苦境からは救った。それ以上をというのならば、そなたが婿に入るしかあるまい」

堀部は面白そうに笑う。

「……それは」

「さすがにそこまですることはできないであろう?」

答えられない鶴丸の肩をポンと叩《たた》く。

堀部はどこまでわかって、話しているのだろうか。それを確かめることはできないが、堀部の言うとおり、鶴丸は婿になることはできない。

「しかし、そなたは、考えていることがすぐに顔に出るな」

くすくすと堀部が肩を震わせている。

「……そうなのでしょうか」

鶴丸としては、陰陽師として、心を揺らさぬように努力しているつもりなのだが。

「疾風とやらは、そなたに感謝をしていると思う」

「はい……」

結局、優しすぎた犬をあやかしに変えた犯人は、わからないままだ。もう、術者を追うすべは残っていない。

「堀部さま」

鶴丸は、腕にはめた陰陽の印に視線を落とす。

「疾風をあやかしに変えた人間の気配、私は知っているような気がいたします」

「気配を知っている？」

「はい。ずっと前から」

常に自分に付きまとう、呪いの気配。他人にはわからなくても、自分にはわかる。

「ならば、再び、対峙《たいじ》することになろう」

堀部は何かを確信しているかのようだった。

「全てのことには意味がある。過去は未来へとつながっているのだから」

「暦道は苦手なんですよね……」

「陰陽道の基本だ。忌避してはならんぞ」

「はあ……」

鶴丸は頭を掻《か》いた。

もし、疾風をあやかしに変えた人物が、鶴丸に呪いをかけた人物と同じなら。いつか、鶴丸の呪いは解けるのかもしれない。

そうなったら、自分はどうするのか。

一瞬、脳裏に孝行の澄んだ瞳が浮かび、鶴丸は驚き、慌てて首を振る。

「どうかしたのか？」

「いえ、なんでもありません」

鶴丸は堀部に答え、筆をとる。

燈台の炎が、ゆらりと風に小さく揺れた。

第三章　疑惑

「さらわれたのは、大納言である鍋岡兼成《なべおかかねなり》さまのご息女、あざみさま。現在、十九歳にあられる」

淡島《あわしま》の表情が険しい。

検非違使《けびいし》庁は緊張感につつまれていた。

前代未聞の大事件である。いつもの淡島の部屋よりも数倍は広い部屋に、たくさんの検非違使たちを集めて淡島はいつもよりさらに大きい声を上げた。

通常の事件では、淡島がこのように一同を集めることはない。大広間には、かつてない緊張感が張り詰めている。

大納言である鍋岡家に、盗賊が押し入り、娘がさらわれたのだ。

都の治安を預かる検非違使庁としては、ゆゆしき事態である。

事件が起こったのは、昨晩のことだ。使用人たちにも死傷者が出ており、小規模ながら火災も発生した。

貴族の家に盗賊が押し入ることというのは、ないわけではないが、鍋岡家のように大きな屋敷にというのは珍しい。

「犯人は何人くらいなのでしょう？」

「まだ、はっきりわからぬが、鍋岡さまからの通報によれば、数十名に及ぶという話だ」

孝行《たかゆき》の質問に、淡島が答えた。

「ご息女がさらわれたほかに、被害は？」

孝行と同じ少尉《しょうじょう》の黒河兵庫《くろかわひょうご》が質問を続ける。黒河は、孝行より五つ上の二十五歳。狐のような細い目をしているが、わずかな手掛かりも見逃さない鋭い男だ。孝行と違って、盗賊の捕縛を多く手掛けていて、率いている手下も荒事を得意としている人間が多い。紺色の直垂《ひたたれ》を着ている。

今回の事件は、孝行より、黒河の方が専門だ。孝行は原因のわからぬ事件を担当することが多く、盗賊とハッキリわかっている事件を追うことは少ない。

「金品も多少持ち去られはしたようだが、あくまで最初から、ご息女を連れ去ることを目的にしたと思われる」

「恨みの線でしょうか？　それとも金銭がめあてでしょうか？」

「わからぬ。あざみさまは、才色兼備との評判の高いかたで、鍋岡さまは皇子のどなたかに嫁がせたいとお考えだったようだ。権力がらみの事件の可能性もある」

「なんといっても、大納言さまのご息女ですからね」

孝行はため息をつく。現在、皇帝には、正妃との間に一人、二人の側妃に一人ずつ、合計で三人の皇子がいる。正妃との皇子が一番若いこともあり、いまだ次期皇帝が誰になるかは決まっていない。

表面上は穏やかであっても、水面下ではかなり激しい権力闘争が行われていると聞く。きな臭い話だ。

権力の派閥争いが絡むとなると、単なる盗賊の捜索とは全く趣が異なる。実行犯である盗賊だけを捜せばよいというわけではなくなるからだ。

「まずは、あざみさまのお命が第一。すみやかに調査せよ」

淡島に命ぜられ、検非違使たちはそれぞれの調査へと向かう。

孝行は現場の調査を黒河に任せ、近衛《このえ》府へと足を運んだ。

近衛府は、緑安京《りょくあんきょう》を守ることを主として編成されている軍の役所である。

鍋岡家ともなると、少なからず、近衛兵の巡回などの対象にもなっている。昨日の巡回状況などを知るためだ。

「おおっ、弓取りの孝行どのではないか」

「山代《やましろ》さま」

担当者に話を聞こうと入り口で待っていると、ちょうど外から戻ってきたらしい山代時《とき》平《ひら》が声をかけてきた。深緋《ふかひ》の衣冠姿である。

「取り調べか？ 陰陽師《おんみょうじ》殿はいっしょではないのか？」

「はい。本日は鍋岡さまの件で参りました。塚野《つかの》どのは、盗賊の捕縛には関係ございませんので」

孝行は丁寧に頭を下げる。

なんといっても、山代は中将である。いくら気さくに声をかけられたからと言っても殿上人だ。礼を欠いてはならない。

「そうか。話は聞いている。堅苦しい挨拶《あいさつ》はいらぬ。ついて参れ」

「……おそれいります」

孝行は山代に連れられて、山代の執務室へと入った。

奥まった部屋は昼間でも明かりが届きにくいため、高燈台《とうだい》に火が灯《とも》されており、風でゆらゆらと炎がゆらめいている。

大きな机の上には、緑安京の地図が広げられ、手入れされた武具が棚に並んでいた。

「鍋岡家の巡回等は、どのような？」

「常時警備の者を置いてはいなかったが、当然、定期巡回はしておった。まあ、鍋岡さまの家は、貴族屋敷の密集地からやや南のため、回数は少なめだがな」

緑安京は盗賊が少なくはない。そのため、貴族の屋敷がある地域を中心に一日に数回、近衛府の兵たちが巡回しているのだ。

「鍋岡さまの屋敷の辺りは、朝、晩の二度、兵が巡回しておる。この度のことは、晩の巡回が終わったあと、起きたらしい」

「巡回の道はいつも一緒なのですか？」

「いや、定期的に変えてはいる。もっとも、近衛府の人間なら、ひと月前にはどの日に、どこを通るかは知っておるのだが」

つまり、内部の人間であれば、いつごろ巡回が来るかということは簡単にわかる、ということだろう。

「鍋岡さまのお屋敷の私兵については？」

「文官とはいえ、大納言さまだ。しかも羽振りも悪くない。それなりの人数を雇い入れておいでだったとは思う」

つまり、警備は堅かったと考えるべきだろう。

「ご息女は、才色兼備で、いずれかの皇子に嫁がせる予定だったとの噂があったとか」

「ああ。ご息女は美しいと評判ではあった。私はよく知らぬのだが」

時平は苦笑した。

時平自身は、まだ、女性とかかわりを持つ気にはなれないのであろう。

「お噂のある方なのですか？」

色恋に浮名を流しているのであれば、それもさらわれたひとつの原因になりうる。

「滝川《たきがわ》さまが随分熱心に口説いていらっしゃったとの噂がある。もっとも、断られたという話なのだが」

「滝川さまというと、右大臣さまでしたね」

孝行は記憶をたどる。

「そのこともあって、口さがない者たちが滝川さまを疑うかもしれんが、滝川さまはそのようなお方ではない」

力強く、時平は断言する。

「親しくしていらっしゃるので？」

「ああ。非常に実直で不器用な方でな。陛下の正妃の甥《おい》にあたることもあって、とにかく敵が多い。何もしていないのに、火の粉をかぶっているような人だ」

時平は大きくため息をついた。

「山代さまとしては、今回の犯人はどのようなものたちとお考えでしょうか？」

「少なくとも鍋岡さまの家を襲撃し、手際よく人さらいをやってのけたのだ。かなり訓練され、組織だった盗賊ではないだろうか」

「……そうですね」

孝行は頷《うなず》く。

ひょっとしたら、鍋岡家の内部事情に詳しく、加えて近衛府のことにも詳しい可能性もある。

そうなると、単なる『盗賊』ではあり得ない。陰に誰かいるのかもしれない。

「ところで、孝行どのは、大江《おおえ》長矩《ながのり》さまのご子息だと聞いたが」

「……はあ」

孝行は渋い顔で頷いた。

「そなたほどの弓と剣の腕、検非違使にあるのは惜しい。世が世であれば、近衛府を率いていてもおかしくない立場でもある。近衛府に来る気があるなら、私が口を利くのだが」

「父は、継承権を捨てましたし、私も父の威を借るのは好みません。それに、検非違使の仕事にやりがいも感じております」

「……そうか」

時平は残念そうだ。

出世、という意味では、近衛府の方がはるかに出世できる。剣技も弓の技も、近衛府のほうがより重宝されるであろう。

「大江どのの欲のなさも、親譲りなのかもしれぬな」

「そういうの、やめてください」

孝行は苦笑いを浮かべた。

孝行の父、大江長矩は現皇帝の弟にあたる。ただし、当時、皇子は六人もいて、長矩の母は、身分の低い中級貴族。継承権を捨て、臣籍に入ったのは、別段、欲がないというわけではなく、生きていくための手段にすぎない。

それは父自身が自分で言っていることだ。

「まあ、そなたも守りたい人が出来れば変わるやもしれんな。こちらは、いつでも待っているから、来たくなったら、言ってくれ」

時平は笑う。

妖子《あやこ》とともにでなければ、出世の意味はないと時平は言った。

そういうものなのかもしれない。

——守りたい人か。

咄嗟《とっさ》に鶴丸《つるまる》の顔が脳裏に浮かんだ。

──阿呆《あほう》か。俺は。

なぜなのか、まったくわからない。胸に何とも言えぬ居心地の悪さを感じる。そもそも、鶴丸は守る必要がないほどに強い。

──どうかしている。

孝行は慌てて考えを打ち消すと、時平に礼を述べ退出をした。


「孝行」

検非違使《けびいし》庁の門に入ると、ちょうど出てきた黒河に声を掛けられた。顔つきが渋いところを見ると、有力な手掛かりはまだ見つかっていないのだろう。

「近衛府は、どうだった?」

「そうですね……巡回の日程を知っていたのではないかという程度のことしかわかりませんでした」

「そうか。こっちも大した手掛かりはない。詳細は亀助《かめすけ》に聞け。なんにしても、雲をつかむような話だ」

黒河は大きくため息をつく。

「淡島さまはあろうことか、占いに頼るとおっしゃるし。困ったものだ」

「占い？」

淡島は、検非違使の仕事に占いを持ち込むことを嫌う。

目の前にあるものを見落としかねないからだ。

「例の優男の陰陽師を呼んで、占いをしろと言い出して。当の陰陽師の方が驚いておった」

黒河が思い出したように、口元に笑みを浮かべた。滅多に感情を表情に出さぬ黒河だけに、かなり面白かったのであろう。

「塚野どのなら、そうでしょうな」

現実主義の淡島に占いをしろと言われた鶴丸は、さぞや困惑したであろう。その光景が目に浮かぶようだ。

「オレはこれから、内裏の聞き込みに行ってくる」

「ご苦労様です」

内裏のある大内裏への門の方角へ向かう黒河に頭を下げると、孝行は自室に戻ることにした。

「孝行さま」

部屋に戻ると、亀助と鶴丸が待っていた。

外気が冷たいので、戸板をできる限り閉めているために、部屋はかなり暗い。そのため、昼間であるが、燈台に火が灯されている。寒さをしのぐため部屋の中央には火桶《ひおけ》が置かれて、二人して傍に座っていた。

「外は寒かったでしょう。まずは、火におあたり下さい」

鶴丸ににこりと微笑まれ、孝行は慌てて目をそらした。冷えていたはずの身体がカッと熱くなる。

相変わらず端整な顔だ。一見、作りものめいてはいるが、切れ長の瞳《ひとみ》はゾクリとする色香を持っている。普段は冷たい印象なのだが、微笑むと柔らかくなって、まるで天女のように美しい。口元は紅もさしていないのに紅《あか》く艶《つや》やかだ。そう思えば思うほど、気まずい。

自分はどうかしてしまったのだろうかと、孝行は思う。このようなことは初めてだ。

「それで、何かわかったか？」

自分の気をそらそうと、孝行は亀助に聞く。

亀助は黒河とともに現場の調査に出かけていた。

「鍋岡さまのお屋敷に行きましたが、実に鮮やかな手口のようです。事件が起こったのは、夜半過ぎ。屋敷をかこっている塀をよじ登って、数名が侵入し、門のかんぬきを内側から開いて、侵入したようです」

「よじ登って？」

亀助は頷く。

「塀に、足跡、縄などが残されておりました。門が開いた音で起きた使用人が、様子を見に行って、斬られております」

「人数は」

「目撃者の話によりますと、二十人を超えていたようです。途中使用人を斬りながら、ほぼ迷いなく寝殿へ侵入したようです」

それは、淡島の話と一致する。

「火事があったと聞いたが」

「はい。しかし、燃えたのは屋敷から離れた蔵でして、その蔵だけで済んだようです。幸い、昨晩は風がありませんでしたので」

「付け火か？」

「そのようです。火の手が上がったことで、屋敷の使用人たちが外へ出て、警備が薄くなったのは間違いないです」

「手練《てだ》れだな」

孝行は顎《あご》に手をあてた。

盗賊たちが、行き当たりばったりではなく、計画的に、さらには役割分担をして屋敷を襲ったのは間違いない。

「黒河少尉《しょうじょう》は何か言っていたか？」

「はい。おそらくは、黒獅子《くろじし》党という盗賊団の仕事であろうと」

「黒獅子党？　聞きなれない名だが」

孝行は首をひねる。

「最近、売り出し中の輩《やから》のようで。かなりの大所帯らしく、どこかの貴族の私兵集団では
ないか、と黒河少尉はお考えのようでした」

「私兵集団……それはやっかいだな」

同じ徒党を組むのでも、寄せ集め状態な集団と、統率のとれた集団では、全く別の物だ。

前者に比べ、後者はボロを出す事が少なく、証拠もあまり残さない。

「でも、もし、そうであれば、さらわれた女性が無事の可能性も高いのではないでしょう
か？」

鶴丸が指摘する。

「目的を持ってさらったのであれば、安易に手を出したり殺したりはしないでしょう」

「そうだな。ただ、目的があるのであれば、その目的は何なのか、気になるところではある」

鍋岡兼成の役職は大納言。しかも、才色兼備の娘を皇族に嫁がせようとしていたと思われる。敵がいても少しもおかしくはない。

「身代金でしょうか？」

亀助が口を開く。

「それももちろんあるだろうが……政策の問題かもしれんな。その辺は淡島さまが調査なさるだろうが」

大納言ともなれば、かなり政《まつりごと》に力を持つ役職である。

「それで、逃走経路などは？」

「そちらは、おそらく東へ逃げたのではないか、というくらいでして。馬を使ったようですが、目撃者がたいしておりません。野次馬たちは、火の手があがったことで、そちらの方に気を取られておったようですし」

亀助は苦い顔をした。

火事は、生命と財産の危機となる災厄だ。火の手が上がれば、そちらの方に目が行くのは自然なことである。

「手掛かりは？」

「……今のところはほぼありません」

亀助は正直に頭を下げる。

「それゆえに、私が淡島さまに命じられました」

鶴丸が口を開いた。

「検非違使庁では不要といわれておりました、占術を使うことになりまして」

「やむを得ぬ、といったところだな」

普通であれば、今回のような事件で、陰陽師《おんみょうじ》である鶴丸の出番はない。

本来、検非違使の捜査は、目で見て、耳で聞いたものを中心に行われるが、そういったものがない以上、占術に頼らざるを得ないと、淡島は考えたのだろう。何しろ、人の命がかかっていることだ。時間もない。

「結論を申しますと、方角は緑安京の東。岩窟《がんくつ》。寺、と出ました」

「東か……」

「淡島さまにお話ししたところ、黒河少尉が、鍋岡さまの家を中心に調査なさるとのこと。

私は大江どのとともに、占術の方角を調査せよ、と命ぜられました」

「わかった」

孝行は頷《うなず》いた。物証で犯人が特定できるものであれば、黒河がなんとかするであろう。ならば、自分は鶴丸の占いに賭《か》けても良い。

「亀助、ヲロチを呼べ。出かけるぞ」

「承知いたしました」

亀助が慌ただしく、部屋を出ていく。孝行は弓と太刀を手に取りながら、鶴丸を見る。

鶴丸は、動きやすい服装ではあるものの、完全な丸腰だ。

相手は盗賊。荒事になる可能性が高い。

「つかぬことを聞くが、塚野どの。武道の嗜《たしな》みは？」

「残念ながら、からっきしです」

予想通りの答えが返ってきた。鶴丸は、小柄なだけでなく、華奢《きやしゃ》で線が細い。声も男性にしては高めで、少しも強そうではない。優男という言葉の範疇《はんちゅう》におさまらぬほど、女性的なのだ。どうしても、庇護《ひご》欲をかきたてられてしまう。

——それがいかん。

孝行は思う。女性的ではあっても、鶴丸は男性である。時折、それを忘れそうになる自分がわからないと思う。いや、むしろ忘れたいと思っているフシがある。

「もっとも、戦い方はそれなりにございますゆえ、ご心配なく」

鶴丸は自信ありげに微笑む。おそらく常人とは違う戦い方があるのであろう。

「わかった」

鶴丸の陰陽師としての腕は、もう何度も目の当たりにしてきた。鶴丸が大丈夫というのであれば、大丈夫なのだろう。

他人の庇護を必要としてはいないのだ、と孝行は己に言い聞かせる。

「出かけるぞ」

「はい」

涼やかな顔で鶴丸が頷く。思わず胸がドキリとした。

――人の気も知らないで。

文句の一つも言ってやりたいと思う。

もっとも、知られたら困るのは自分の方だな、と孝行はそっと肩をすくめた。

漠然と東といっても、どちらに行ったものか、雲をつかむようなものだ。

孝行と鶴丸は、亀助に案内されながら、鍋岡の屋敷からの逃走に使われたと思われる路《みち》を東へとたどることにした。

鍋岡の屋敷は、大内裏から近いけれど、少しだけ、貴族屋敷の密集地よりやや南に位置している。そのこともあって、目撃者も少ない。

「昨日、鍋岡さまの私兵がこのあたりまで追ってきたようなのですが」

盗賊が逃走したのは、深夜である。外は暗く、追うのは難しかったと思われた。

亀助は辻《つじ》を指さした。路は人通りが多く、土は硬い。足あとを追える状態ではない。

「徒歩で逃げた者達は、方々に散ったそうです。馬は、まっすぐに東へ向かったとか」

緑安京の道は、碁盤の目のようにまっすぐに交差するように整備されている。

徒歩で逃げるのであれば、できるだけ、方角を固定せずに逃げる方が賢明であろうし、どこか闇に潜んで、追手をやり過ごすということもあろう。反対に馬のように速度が出る移動手段であれば、直進して振り切った方が良い。

「岩窟、というのが確かなら、緑安京の外に逃走した可能性もあるな」

孝行は、顎に手を当て、考え込む。物証は何もないが、鶴丸の占いを信じるなら、その可能性に賭けても良い。

「今、ヲロチに市で聞き込みするように命じておりますが……そういうことならば都の外で、盗品を売りさばく可能性も考えられます」

亀助は肩をすくめた。公共の『市』ではあるが、まわりまわって、盗品が市で発見されることは珍しいことではない。今回は、モノではなく人であるから、さすがに市場で売られていることはないが、それでも、市場は大きな情報源である。ただ、緑安京以外の場所で、売買されていたとしたら、見つけようがない。

緑安京の東は、清流、鈴音川《すずね》が流れている。そこから先は、皇帝の勅命を受けた国守が治める地となり、厳密には検非違使《けびいし》の捜査圏外だ。検非違使は皇帝直下の集団で、あくまで緑安京の治安を守る組織だからだ。とはいえ、今回はそのようなことを言っている場合ではないだろう。

鈴音川は水量がかなりあり、橋の数も少ない。しかし、夜間でも橋は通行可能であるから、逃げられないわけではない。川の向こうは山になっているので、そちらの方にこそ、『岩窟』がある可能性は非常に高い。

「馬がいたなら、船は難しいですよね」

「ああ。ただ、馬なら、橋を通らず、泳いで渡った可能性もある」

「夜の川を泳いで？」

鶴丸が驚いた顔を見せる。

「……馬は、嫌がるだろうな」

孝行は思わず苦笑した。季節的に昼間でも川に入るのは厳しい。

「そうだな。昨日は月もなかった。暗い中、川を泳いで渡ったとすれば、かなり熟練した乗り手だ」

「そうなりますとますます、私兵という説が濃厚になって参ります」

亀助が大きくため息をついた。

「橋のたもとに住み着いておる者に聞いたら、何か知っているかもしれません」

緑安京の南北に延びている大きな東の大路を越えると、大きな鈴音川の土手が見えてきた。川幅はそれなりにあり、深さもかなりある。川にかけられた大きな橋、倶利伽羅橋《くりからばし》は、昼間のこの時間は人通りが多い。

土手を越えると雑草の生い茂る河原には、小さなあばら家がいくつも造られていた。

鈴音川は、魚が取れるため、その魚を取って生計を立てている人間も少なくない。緑安京の中で家を持つのが経済的に難しい者たちの中には、この河原にこうしてあばら家を建てて住み着く者が少なくない。大雨で川が増水すると流されてしまう危険はあるが、ここであれば、家賃は誰にもとられない。

水音に気づいて、川面《かわも》に目を移すと、日が出ていて暖かい時間とはいえ、この季節に水に入って網を投げている男がいる。

「この寒いのに、漁とは」

鶴丸がぽつりと呟《つぶや》く。

「鶴丸さまは、本当に寒がりですな」

くすくすと亀助が笑う。

「この時期に漁をすれば、通常より、高い値がつく。寒くても、魚は食べたいからな」

「……わかっておりますけど、見ているだけで冷えてきます」

孝行に向かって、鶴丸は、ちょっとだけ口を尖《とが》らせた。そうすると非常に幼い顔に見える。

「心配しなくても、冷たい水に入りっぱなしってことはないだろうよ」

孝行は、川岸に目をやった。

思った通り、川岸には大きな焚火《たきび》が燃えていた。おそらく、すぐに冷えた体を温められるようにしているのだろう。焚火の傍には、衣服とたらいが置いてあり、くし刺しにした魚が焼かれていて、香《かぐわ》しい匂いが広がっている。

網を引き揚げた男が岸に上がってきた。

この寒空に、下帯のみで、しかも水が滴っている状態だ。鶴丸ではないが、見るからに寒い。それでも水に入るのは、漁をしなければ食べていけないのだろう。

「検非違使少尉《しょうじょう》、大江孝行だ」

男はびくんと身体を震わせた。

きょろきょろと辺りを見回す。逃げ出せるかどうか、探っているようだ。

このような河原にあばら家を勝手に建てて住むのはたいてい、地方から出てきた人間だ。そのような人間が、野垂れ死ぬことが多いこの季節、国はその対策として郷里に強制的に送り返すことを度々行ってきた。男が怯《おび》えるのも無理はない。

「大丈夫。少し話を聞きたいだけだ。おぬしを取り締まろうというわけではない」

孝行は静かに話しかけた。

「おぬし、ここに住んでいるのか？」

「……へぇ」

怯えた顔で、男は頷く。孝行と、鶴丸、そして亀助を見回し、ぶるぶると震えた。震えは、怯えのためか寒さのためか、わかりにくい。

「まあ、火に当たれ。怯えるな。本当におぬしをどうこうしようと思っているわけではないのだ」

孝行は言い聞かせる。とはいえ、孝行は武装していて、しかもかなり体格が大きい。この男の態度は当然のことなのかもしれない。

「この魚、美味《うま》そうだな。いくらで食わせてくれる？」

「へ？」

男は不意を突かれたようだった。孝行は、男の言い値の銅貨を払って、くし刺しになっていた魚に手をのばした。

「あ、あちっ」

勢いよく口にしたものの、味がわからぬほどに熱い。

「……孝行さま？」

亀助が驚いたように声を上げた。

「いや、うまい。ちょっと熱かっただけだ」

孝行はにかっと笑ってみせた。

「お役人さま……大丈夫ですか？」

心配そうに男は孝行を見る。少しだけ、緊張を解いたようだった。

「おぬし、名前は？」

「佐吉《さきち》」

男は網にかかった魚をたらいへと移す。ぴちぴちと魚がたらいの中ではねた。

「佐吉、昨晩は、どうしておった？」

「……いつもの通りにその小屋で寝ておりました」

佐吉は、すぐそばにあるあばら家を指さした。

「夜更けに、倶利伽羅橋を馬が通りはしなかったか？」

佐吉は首を振る。しかし、何かを迷っているかのような顔をした。

「馬は、見たのか？」

「……へぇ。しかし、見たというほど、はっきりとは。音は聞きました」

佐吉は答えた。

「夜更けに土手を走っていったようです」

言いながら、南側を指さす。

「かなりあちら側で、水音がしました。暗くてよくわかりませんでしたが、川を渡ったのだと思います」

「そうか。船などは見かけなかったか？」

「いえ。見ていません」

佐吉は答えた。

「もっとも、昨晩はかなり暗い夜でしたから、はっきりとはわかりませんが」

「いや、助かった」

孝行は素直に礼を述べた。

「時に、橋の向こうに商いに行くようなことはあるのか？」

「いえ。あちら側は何かと物騒ですので」

「物騒？」

「山にはあやかしが出るという噂も聞きます。昨今は盗賊も多いとか」

橋を越えた東側は検非違使の管轄外ということもあり、犯罪者が隠れ潜む可能性は高く、それは今回のことに限らず、たびたび指摘されてきたことだ。もっとも、それはあくまで、街道沿いの話だ。

実際には、緑安京の外は、基本的に人口も少なく、犯罪の数は圧倒的に少ない。

「なるほどな」

孝行は、残った魚を平らげる。

「……しっかり、食べましたね」

くすり、と鶴丸が笑う。

「時間があれば、もっと食べたいんだがな」

孝行の言葉に、佐吉がペコリと頭を下げた。


三人は、倶利伽羅橋を渡り、川沿いに南下する。

橋からかなり南に下ったところに、馬の踏み荒らした跡が残っていた。

「間違いなく、こちら側に渡りましたね」

「ああ。こっちは、俺達の管轄外ではあるのだが」

孝行の顔が渋い。やはり管轄外ということで、居心地が悪いのであろう。

鶴丸も、川のこちら側に渡る機会はめったにない。緑安京を出ると、空気は一気に変わる。

緑安京は、都を建設するにあたり、呪術《じゅじゅつ》的な結界を作り、守りを固めた都市になっている。反対に、その外は、全てがむき出しになった世界だ。山から吹く神聖な風も、闇に溜《た》まるよどむ空気も全てが、無垢《むく》なままだ。そのため、全ての感覚が過敏になる。

「寺、というならば、この先には、たくさんございます」

亀助が土手の向こうに目をやった。寺社は、緑安京の外の方が、多く点在している。

「岩窟《がんくつ》というのがどこにあるかは、さすがにわかりませんけれど」

「……当たるも八卦《はっけ》、当たらぬも八卦ですので」

鶴丸は苦笑した。

占術の結果は、聞き込みや物的な証拠と違い、あくまで参考にしかならない。二度、三度、確かめることが禁忌となっているから、どこまでアテにするのかは難しいだろう。それだけを頼りにしていては、すべてが徒労に終わる危険を秘めている。

今回は通常の捜査が別に行われているからこそ、安心して占術を参考にできるのだ。淡島にしてみれば、藁《わら》をもつかむという心境での、選択であろう。

「とりあえず、最初の『東』というのは当たっている。次を捜してみるのも悪くはない」

「ヲロチが何か仕入れているかもしれません」

亀助が頭を下げる。

「やっとは、坂上《さかがみ》神社で落ち合う予定になっております」

坂上神社は、ここからやや南に下ったところにある神社だ。

謀反の罪で捕まり、獄中死した玄行皇子《げんぎょう》を祀《まつ》っていることでも有名である。

十五年前。

玄行皇子の謀反が未遂に終わったのは、優秀な御巫《みかんなぎ》であった、お鶴《つる》の母、静《しずか》の神託ゆえだ。

皇帝は命を救われ、皇子は捕らえられて獄死した。

そのことで逆恨みを受け、静は、その后《きさき》に呪殺され、鶴丸は、今こうしてここにいる。

そして、玄行皇子を弔い坂上神社に祀ったのは、鶴丸の父、寅蔵《とらぞう》だ。そう考えると、鶴丸にとっては非常に縁の深い神社である。

「坂上神社ね」

孝行が呆《あき》れた声を出す。どこか、気乗りしない、そんな様子だ。

「神社がどうかしたのですか？」

待ち合わせの場所の選択としては、悪くないと思う。ヲロチが調査に向かった東の市から、東へ移動し、やや北上した場所で、こちらからは南下した位置なのだから。

「……まあ、いいんだが」

孝行は肩をすくめて歩き出す。少しも良さそうではないのはなぜなのか。

鶴丸が亀助の顔を見ると、亀助は苦笑した。

「鶴丸さまは、坂上神社の巫女《みこ》さまの話を、お聞きになったことは？」

「え？　さあ？」

鶴丸自身に全く興味がないこともあるが、鶴丸の周囲に巫女について語るような人間は滅多にいない。

「評判の巫女さまがいらっしゃるのです」

「そうなのですか。全く知りませんでした」

「……知る必要もない。別段、祈禱《きとう》の力が取り立てて優れているわけではないのだから」

ふうっと孝行が息を吐く。

孝行が他人を否定するのは、非常に珍しい。

「どういう意味なのですか？」

「……なんでもない」

孝行は、答えない。

「もっとも、噂になっているのは、検非違使《けびいし》内だけでのことですけどね」

くっくっと、亀助が笑う。それ以上は、話すつもりはないようだ。どういうことなのだろうか。

土手を上り、道を南へと向かう。川沿いの道ではあるが、やや起伏が多く、先は見えにくい。

坂上神社は、文字通り坂上、小高い丘にあって、川から少しだけ離れている。もう少し南に下ると、先ほど渡ってきた橋とは別に、『渡し舟』の渡船場があって、この神社への参拝客は、主にそこからやってくる。

朱塗りの大鳥居をくぐり、階段を上る。肩で息をしながら上り終え振り返ると、眼下に緑安京と鈴音川が見えた。

さすがに神域だけに、空気も何もかもが澄み渡っているように感じる。

広い境内に人の姿はあまりなく、がらんとしていた。

大きな拝殿と、祈禱所のほか、社人たちの宿舎が奥にひっそりと建っている。玄行皇子の塚はその奥にあるようで、しめ縄の掛けられた大木の向こうに土が盛ってあるのが見えた。

「孝行さま！」

大木の前で、大声で呼ばわりながらヲロチが手を振っている。

「……ったく」

珍しく、孝行が舌打ちするのが聞こえた。かなり不機嫌そうだ。

「驚きますよ」

くすり、と亀助が鶴丸に囁《ささや》く。

どういうことか、と思いつつ、孝行の後ろについていくと、ヲロチのすぐそばに、美しい巫女が立っていた。

長い髪を後ろで束ね、白の小袖《こそで》に朱色の袴《はかま》を穿《は》いている。

女性にしては背が高い。鶴丸は女性としてならば決して低い方ではないが、彼女の方が高かった。評判の巫女とは、彼女のことなのだろう。確かに人目をひく美しさだ。澄んだ大きな瞳《ひとみ》に、きりっとした眉《まゆ》が涼やかに凛々《りり》しい。年齢は二十代半ばといったところだろうか。その仕草に品がある。

「孝行、亀助、お久しぶり。待っていたのよ。あら、そちらのお方は？」

女は親し気に笑みを浮かべ、鶴丸の方を見た。

「塚野鶴丸と申します」

鶴丸は慌てて頭を下げた。

「塚野さま？」

女性は小首をかしげる。巫女、というには、妙に色っぽい。とはいえ、鶴丸に巫女の知り合いはいないから、比較はできないのだが。

「塚野どの、これは、姉の露《つゆ》だ。姉上、こちらは、陰陽寮《おんみょう》から出向している陰陽師の塚野どのだ」

無愛想な紹介にも、露は気分を害した様子はない。言われてみれば、孝行と似ている気がする。

「姉ぎみさまでしたか。大江どのにはいつもお世話になっております」

鶴丸は丁寧に頭をもう一度下げた。

「あら？　陰陽師ってことは、ひょっとして塚野さまって、蔵人所《くろうどどころ》の塚野寅蔵さまのお子さまですか？」

露の目が大きく見開いた。

「寅蔵は、確かに私の父ですけれど」

困惑気味に鶴丸が頷《うなず》くと、露は鶴丸の手を取った。

「まあ。本当に寅蔵さまと似ていらっしゃる。寅蔵さまには本当にいつもお世話になっておりますの」

「……こちらこそ、お世話になっております」

鶴丸は戸惑い気味に頭を下げた。

玄行皇子の弔いを執り行ったのは、確かに父、寅蔵である。鶴丸の全く知らぬことではあるが、この神社と縁が深くて当然なのかもしれない。

盛り土した塚は、言われてみれば父のにおいがする。

坂上神社に玄行皇子が弔われた経緯はいろいろあるそうだが、都の外にある小さかった神社がここまで大きくなったのは、ここに玄行皇子が祀られるようになったからである。

鶴丸は目を細めて、塚を見上げる。実に丁寧な仕事だ。ただ悪しき力を封じるのではなく、大きな力を安らぎに変えて、自然に還《かえ》していく。全ての力が自然に還った時、玄行皇子は、この坂上神社の神と一緒になって、この地を守るようになるのだろう。

「静さまにも一度だけ、幼い時にお会いしたことがあります。本当に美しい方でした」

懐かしそうに露が目を細めた。

「はあ……」

正直、母の顔を鶴丸はあまり覚えていない。

「御神楽《かぐら》の舞をご指導していただいたの。とても優しくしていただきました」

「……そうですか」

鶴丸はどう答えたらよいかわからず、困惑する。母が御巫として、託宣能力に優れていたのは知っている。知ってはいるが、鶴丸自身の記憶にはない。何かを教えてもらったという思い出は、ほぼ皆無だ。

母は、その類《たぐい》まれな能力で皇帝を救ったが、そのことを逆恨みされ、呪いを受けて死んだ。鶴丸の人生も、その時、大きく変わらざるを得なかった。

「姉上！」

孝行が露を睨《にら》みつける。露は、鶴丸の顔を見て、さっと顔色を変えた。

「ご、ごめんなさい。はやくに母君を亡くされて、ご苦労なさっているというのに、私はなんて無神経なことを」

露は慌てて頭を下げる。

「い、いえ。気にしておりません」

鶴丸が答えると露はほっとした顔をみせた。

「それで、ヲロチ、何かわかったのか？」

孝行は不機嫌な顔のままで、ヲロチに声をかける。

「へぇ。黒獅子党ってやつは、急に勢力を持ってきた賊のようです。ただ、盗んだ品はほとんど市に流れてはこないようなのですが、それもまたおかしな話で」

「つまり、都以外で、盗品をさばいているということか？」

孝行の言葉に、ヲロチは頷いた。

「二十人近い集団で戦利品を分けるとなると、ある程度売りさばくのが普通です。それがない、ということですと、一定の値で買い取るような人間がいるのか、それとも、都から遠く離れた地で、売りさばくしかないと思われます」

「盗品そのものの分配が、うまくいっている可能性もあるからなんともいえんが……」

とはいえ。銭を盗んだのならともかく、品物を均等に分配するのは、なかなかに難しい。

普通なら、市で換金して分配することが多いだろう。

「それに、それだけの大所帯になりやすと、都に居れば、必ず、目立ちます。馬もいたようですし、全く裏に情報が流れてこないというのは異常かと思いますね」

ヲロチの情報網は、かなり広い。それに全く引っかからないのはおかしい、と、言っているのだ。

「ワイのつかんだところによりますと、ここ半年ほど前から、谷久保山《たにくぼ》付近にあやかしが出るという噂が流れております」

「あやかしか……」

先ほどの佐吉もそのような話をしていた。

「方便かもしれません」

亀助が口をはさむ。

「あやかしや盗賊が出ると言われれば、少なくとも夜間、そのあたりを通ろうとするものはいなくなるでしょうから」

「では、谷久保山を探ってみるか」

孝行は顎《あご》に手を当てた。

鶴丸としても異論はない。

「あの辺りは、荒れ寺も多いです。鶴丸さまの占いどおり、岩窟《がんくつ》のある寺もあるかもしれません」

亀助の言葉を聞いていた露が「あら」と声を上げた。

「谷久保山の定林寺《じょうりんじ》は裏に岩窟があることで有名だったわよ。本尊の裏に岩窟があって、そこにも観音さまをお祀《まつ》りになっていたって聞くわ。もっとも、数年前の土砂崩れで、寺の一部が埋まってしまったの。ご住職もお亡くなりになって、再建のめどが立てられなくて。それで、お弟子さんたちが資金を集めて、もう少し参拝しやすい場所ということで、今は隣の白谷《しらたに》山のふもとに移ったらしいわ」

「定林寺？」

「もともとは谷久保山の中腹よ。かなり上の方にあるみたい。今じゃ、誰もいかないような何もない山の中ね」

「……調べてみる価値はありそうだな」

孝行は顎に手を当てて頷いた。

「あら、私、ひょっとして役に立ったのかしら」

うれしそうに露が微笑む。

「お手柄を立てたら、うちの神様のご利益ってことで、宣伝よろしくね、ヲロチ」

「もちろんです。露さま」

ヲロチは憧憬《どうけい》の眼差《まなざ》しを隠そうともしない。へこへこと頭を下げている。

ヲロチは、この姉弟に、本当に心酔しきっているのが見て取れる。強面《こわもて》の顔の目じりが下がっていて、本当に犬のようだと鶴丸は思った。

「……その言い草が、俗っぽい。そのうち神罰が下るぞ」

孝行が頭を抱えながら、ため息をついた。

とはいえ、憎まれ口をたたきながらも、言葉の端に優しさがにじむ。

その様子が、何とも言えず孝行らしいと鶴丸は感じた。


谷久保山の道は、険しいというほどではないが、決して平坦《へいたん》ではない。

もともと都から遠いこの地である。都から拝観に来るということを考えると、山の中腹というのは、夏はともかく冬には厳しい位置だ。

というのも、冬は太陽の出ている時間が短い。朝一番に渡し船で川を渡って、登り始めて、寺につくのは昼頃。ゆっくり下りたら日が暮れる。それくらいの距離があって、夜に歩くには、山が深い。そんな場所だ。

松明《たいまつ》を用意して、山を登り始めた鶴丸たちだが、予想通り途中で日が暮れてしまった。月はなく、山は暗い。冬枯れの季節とはいえ、道に起伏が多く、灯《あか》りなしでは辛《つら》い道だ。

道は、それなりの人通りがあるらしく、草などは生えていない。

山は静かで、寒々としてはいる。ただ、あやかしが出るというような、この世ならざる気配は、今のところ感じていない。

もし、盗賊が故意に流した噂であれば、本当にあやかしが出ることはないだろうし、術者がいるなら、目くらましで幻術を使っている可能性もあるが、そこまでする必要はないかもしれない。わざわざそのようなことをしなくても、深い山の風景は、どこか人を寄せ付けないものだ。

ちょうど、山の中腹あたりまできたところで、馬のいななきが聞こえてきた。一頭ではない。数はわからぬが、数頭いるのは間違いないだろう。

道がやや広くなり、屋根のような影が見えてきた。おそらく、定林寺の入り口だろう。

孝行は、一人で先行して登っていき、しばらくして、引き返してきた。

「亀助、皆を連れて、山を下りろ」

孝行は声を潜めつつ、命じた。

「淡島さまに連絡を。ここに居ると思って間違いないと思う。見ろ」

孝行は松明の光の下に、手のひらを差し出した。小さなにおい袋だ。伽羅《きゃら》の香りがする。

「どう見ても、身分ある女性の品だ。馬から下ろす時に落ちたのだろう。ただ、この人数での捕り物は無理だ。人手がいる」

においい袋を亀助に手渡すと、孝行は再び弓を手にした。

「孝行さまは？」

「とりあえず潜入してみる。下手に連れ立っていくより、一人のほうが良い」

孝行の言い分はもっともではある。だが。

「私も残りましょう」

鶴丸はあえて異を唱えた。

「塚野どの？」

「隠形《おんぎょう》の術を使います。うまくいけば、気づかれずに人質を捜すことができます。それに、本当にあやかしが出るのであれば、私はお役に立てるかと存じます」

「それは、そうだが……」

孝行は困ったように鶴丸の顔を見る。

孝行からしてみれば、武道の心得が欠片《かけら》もない鶴丸を伴って潜入するという行為がどの程度可能なのか、未知数なのだから当然だ。

実際、鶴丸が足手まといになるかもしれない。

しかし、もし呪術《じゅじゅつ》が絡むのであれば、自分が必要になることもある。そんなときのために検非違使《けびいし》庁に出向しているのだから、鶴丸としても、ここでただ、待っていてはいけないと思うのだ。

「隠形の術とやらは、本当に大丈夫なのか？」

「よほどの手練《てだ》れでない限り、気づかれません。何があっても、口を開かぬのが大事ですが」

「……わかった。ご息女を連れて逃げるとなったら、その方が良いかもしれんな。俺一人では、強行突破になりかねん」

孝行は頷《うなず》いた。

「では、俺と塚野どのは、中へ潜入する。ヲロチはここに残って、様子を見ろ。亀助は、淡島さまへ連絡」

「わかりました」

亀助は、頭を下げ、松明を持ち、元来た道を引き返していく。

「ワイは、ここに居るだけでいいのですか？」

ヲロチが不安げに孝行を見る。

「ああ。奴らがどこかに移動するようなら、俺たちに構わず、追え」

「へぇ」

ヲロチは、門から離れた位置にひっそりと隠れた。

「では、行こうか」

「はい」

暗闇の中、馬のいななきが響く。

二人は、寺の門をそっとくぐった。


馬は、もともと鐘つき堂があったと思われるそばの立木につないであった。

そのすぐそばの茂みに、におい袋は落ちていたらしい。

外に人の気配はなく、見張りがいる様子はない。

土砂崩れで一部埋まったと露が言っていたとおり、居住区があったと思われる建物の一部は土砂に埋もれていた。しかし、本堂そのものは無事のようである。

がやがやとした人の気配があり、境内の玉砂利には、僅《わず》かに灯りが落ちていた。

本堂は、大きな岩山を背に作られている。岩山と建物の間に隙間はなく、本堂はぐるりと板張の濡《ぬ》れ縁《えん》が巡らされ、建物の一部が岩壁にくっついている形になっていた。

二人は、ゆっくりと本堂前の階段を上り、御簾《みす》の向こうを覗《のぞ》き見る。

盗賊たちは、酒盛りをしているようだ。

燈台《とうだい》に火を灯し、樽《たる》に入った酒をあおっている。

人数は二十人前後。ほぼ全員が、ここで寝泊まりしているのだろう。

囚《とら》われた女性の姿は見えない。

孝行と、鶴丸は、ゆっくりと濡れ縁を歩く。手入れのされていない濡れ縁は傷んでいるため、歩くたびにギシギシときしむ。さすがに気が気ではない。しかし、よほど外に気を配っている者がいない限り、隠形の術は有効なはずである。

「……は、どうしている？」

酒盛りの騒ぎの中から、漏れ聞こえてくる声があった。

「岩屋の奥でおとなしくしております。どうやら本当に出入りできないようで」

「ならいいが。せっかくの金づるだ。逃げられたら、元も子もない」

思わず、足を止めた鶴丸を、孝行が振り返って、ついてくるように促す。

会話の先も気になるが、女性を捜す方が先決だ。

濡れ縁は、岩壁の前で終わっており、岩壁と建物の連結している通路には、本堂を通らねばいけぬ仕組みになっていた。

鶴丸は、孝行と目を合わせ、頷きあう。

寺は、壁が少ない造りになっている。戸板は少なく、破れかけた御簾がさがっているだけの場所も数多い。

孝行は一番、岩場に近い位置の御簾を持ち上げた。

幸い、燈台の灯は遠いようだ。

孝行は、鶴丸が通れるほどの高さまで御簾を持ち上げると、自分の背後を通って、中に入るよう手で合図した。

鶴丸は床に這《は》いつくばりながら、身体を滑り込ませる。

床は清掃されていないのであろう。ざらりとした感触がする。

周りは暗く、人の気配は遠い。とはいえ、同じ本堂の中である。御簾を上げたため、冷たい風が部屋へと流れ込んだ。燈台の灯がゆらゆらと揺れ、炎が細くなる。

樽の中の酒を男たちは浴びるように飲んでおり、こちらに気づく様子は見えないが、さすがに肝が冷えた。

おそらく、もともとは本尊が祀られていたであろう壇上《だんじょう》には何もなく、壇の真後ろの位置に、ぽっかりと暗い穴が開いている。

岩窟《がんくつ》と本堂を繋《つな》いでいた通路であろう。

鶴丸は、壁際の闇に隠れるようにひそやかに移動しながら、通路まで移動した。通路の奥からは、冷ややかだが、外気とは違う風が吹いてくる。

孝行は、武装していて鶴丸より動きにくいはずなのに、軽やかに鶴丸の隣へと移動する。

——隠形の術は、本当に要らなかったかも。

あまりに鮮やかな孝行の身のこなしに、鶴丸は舌を巻いた。

通路にはいると、辺りは真っ暗だ。

孝行が懐から燭台《しょくだい》とろうそくを取り出し、火打石で火をつける。

灯りをつけると、発見される可能性があるが、何も見えない状態ではさすがに前へ進めない。

ぽつんと、小さな灯りがろうそくにともると、水にぬれて光る岩の壁が見えた。

本堂から延びた通路は、その岩壁につきあたり、右と左に分かれている。どちらも、人が一人通れる程度の広さだ。

「どっちへ行く？」

孝行に問われ、鶴丸は感覚を研ぎ澄ます。

右側から、さらさらという水音とともに呪術の香りがした。

「右で」

囚われた女性を、術で封じ込めている可能性がある。

通路は、おそらく天然のものであろう。全体的に、じめりと湿っており、足元が滑りやすい。気温は外気よりは幾分暖かく感じた。

「気をつけろ」

孝行が囁《ささや》く。小さな声は思いのほか響いた。

やがて、通路の脇に小さな水路が現れた。深くはないが絶え間なく流れ続けている。

岩窟の天井が次第に高くなり、通路の幅も広くなってきた。

「術の匂いがします」

水音が大きくなってきた。

「滝だ」

通路は行き止まりになっており、目の前には人二人分くらいの高さから落下する滝があった。滝壺《つぼ》はそれほど大きくはない。さすがに瀑布《ばくふ》のそばはひんやりとしている。

鶴丸は目を閉じた。

かすかな呪術の香りは、まちがいなく、絶え間なく流れ続ける滝の向こうからしている。

「この滝の向こうにいけないでしょうか？」

「滝の向こう？」

孝行は手にしたろうそくの火を滝の方に向ける。激しく落ちる水がてらてらと光を反射するばかりだ。

「ふむ」

滝壺の中には、いくつかの石が飛び石のようになって、滝の瀑布の間近まで続いている。

「待っていろ」

孝行は、実に身軽なしぐさで、瀑布のそばまでいき、しばらく横から滝を眺めていた。

「どうかしましたか？」

孝行は唇に手を当て、黙るように合図をし、ゆっくりと鶴丸のそばまで戻ってきた。

「滝の裏側に通路があるようだ。しかも遠くに灯《あか》りが見えた」

囁くような声で告げる。灯りがあるということは、人がいる可能性がある。

鶴丸は孝行の後を追うように、飛び石を渡り、先ほど孝行が立っていた場所にたどり着く。

孝行の言った通り、滝の水に隠されていた通路が見えた。闇の向こうに、わずかだが灯りが見える。呪術の香りも近い。

孝行はろうそくの火を消した。灯りが見える以上、火を灯《とも》していては発見される危険がある。暗闇の中で、通路の向こうがわの点のような灯だけが道しるべだ。

周囲の風景は、見えるというより、ほぼ感覚だけの世界となった。

ぬれた岩壁沿いの狭い足場を歩き始めて通路に入ったところで、鶴丸は思わず足を滑らせた。

ふわっと体勢が崩れ、倒れそうになったところを背後から孝行の手に抱きとめられた。

――え？

鶴丸を支えるために抱き留めた孝行の手が、胸に触れている。

意図したものではない。そうわかっていても、鶴丸はどうしたらよいかわからなくて、固まった。

鶴丸の背は、広い孝行の胸にすっぽりとおさまっており、体温を感じる。孝行の息づかいが近い。心臓の鼓動が速くなり、触れている孝行の硬い大きな手に伝わってしまいそうだ。

「そこにいろ」

耳元で孝行が告げ、ぬくもりが急に離れた。動けない鶴丸を気にした様子もなく、孝行はゆっくりと鶴丸の前に出る。

しゅうしゅうと音がした。近づいてくる気配がある。

ほぼ、何も見えぬ状態であろうに、孝行は弓を構え、矢を放った。

風を切る音がして、矢は気配に突き刺さる。

わずかな灯りが照らし出したのは、一匹の大蛇だ。人よりもかなり大きいもので、太さも鶴丸の胴ほどもある。大蛇は、その腹に矢を受けながらも、ずりずりとこちらに向かってくる。

孝行は、弓矢を置き、太刀を抜いた。

大蛇はしゅうしゅうと音を立て、上体を起こす。ゆらゆらと鎌首を揺らしつつ、孝行の方を睨《にら》んでいる。

孝行は太刀を構えたまま、ゆっくりと距離を縮めた。

「あっ」

鶴丸は思わず声を上げた。

大蛇が宙をはねるように孝行に向かって襲い掛かった。

孝行は上体をひねり、大蛇の一撃をよけ、太刀をその頭へと突き立てる。

鮮血が跳ぶ音がした。

「ふう」

孝行は大蛇が動かなくなったことを確認すると、太刀をしまいながら、辺りを見回し、「大丈夫か」と言った。

「はい」

鶴丸は返事をしながら、ゆっくりと孝行のそばに向かう。

孝行の様子は特に変わりない。それに、自分の身体も問題なく動く。

――気が付かなかったということだろうか？

武人である孝行は、鶴丸が気づくより先に大蛇の気配に気づいていた。胸のふくらみは外からわからぬように布を巻いており、少し触った程度ではわからないものかもしれないし、気づく余裕はなかったのかもしれない。

――良かった。

女であると知られた場合、呪いが発動するかもしれない。

女禁の札をしていても、男装を解いただけで鶴丸の身体は調子を崩すのだ。もちろん、鶴丸が女だと、父と使用人の一部は知っている。おそらく陰陽《おんみょう》寮の人間も何人かは、うすうすと気づいているであろう。

とはいえ、今まで大丈夫だったから、これからも大丈夫という保証はどこにもない。まして「女性として」扱われたりしたら、いったいどうなるのか、誰にもわからない。知られないにこしたことはないのだ。

孝行が気づかなかったのは、幸いであった。

それに今、ここで呪いが発動したら、大変なことになる。

鶴丸は、孝行の倒した大蛇を調べ始めた。非常に大きいものだが、この世ならざるモノではない。

「これは、あやかしの類《たぐい》ではないです。異国には、大蛇を操る呪術《じゅじゅつ》もあると聞いてはおりますが、これがそういうものかどうかは、わかりません」

呪術の臭いを、これからは感じない。

鶴丸は、灯りの方へと近づいていく。人の気配はない。

壁のくぼみに置かれた燭台に、ろうそくの炎がゆらゆらと燃えていた。

ろうそくの先には、御簾《みす》がかけられており、紙に書かれた呪符が張り付けられている。

「術はここからですね」

鶴丸は、眉《まゆ》をひそめた。

「これはなんだ？」

「これを張り付けた人間以外の出入りを禁止する呪符です。強いものではありませんが、触れない方がいいです。やけどをします」

孝行は、御簾にのばしかけた手を、引っ込めた。

鶴丸は、呪符の前に立つ。

「青龍《せいりゅう》・白虎《びゃっこ》・玄武《げんぶ》・勾陳《こうちん》・帝台《ていたい》・文王《ぶんおう》・三台《さんたい》・玉女《ぎょくにょ》」

鶴丸は呪文を唱え、念を込める。

張り付いた呪符が、ひとりでに発火し、あっという間に燃え尽きた。

すると、御簾の向こう側が初めて透けて見えた。わずかな光が灯っている。

「これで大丈夫です」

孝行が御簾に手をのばし持ち上げた。

「誰？」

若い女性の声だ。

「あざみさまですか？」

孝行は問いかける。

「……そうですが」

「検非違使少尉《けびいししょうじょう》、大江孝行です」

言いながら、御簾をくぐる。

低い天井の岩穴だった。鶴丸でも頭が天井につかえてしまう高さだが、人が三人ほどは入れる空間があり、座ったり寝転んだりする分には、不自由はない。むき出しの岩の上には、むしろが敷いてあり、紅色の絹の袿《うちき》を着た女性がその上に座っていた。

小さな燭台《しょくだい》に灯りがともっており、わずかながらも食べ物が差し入れられていた跡もある。もっとも、口をつけた様子はないが、顔に傷などはなく、健康を害した様子もない。大切な人質として、それなりの扱いを受けていたようではある。

「ご無事でいらっしゃいますか?」

「ええ。大丈夫です」

しっかりした口調だ。落ち着いている。

「歩けますか?」

「はい」

部屋から這《は》い出してきたあざみは、鶴丸と同じくらいの背だった。

女性として考えれば、それほど低い方ではなく、普通の範疇《はんちゅう》だ。

黒髪は、多少もつれてはいたものの、長く美しい。目鼻立ちもすっきりと整っていて、可憐《かれん》という言葉が似合う。

しかし、この状況ですぐに行動できるところを見ると、かなり豪胆なのかもしれない。

「塚野どの、俺が先導するから、あざみさまを頼む」

「はい」

鶴丸は、ふところから札をとりだして、あざみに手渡す。

「これを懐に入れておいて、ここから先は、口を開かず、心を揺らさないようにしてください」

「これは？」

「隠形《おんぎょう》の術を施したものです。身に着けていれば、気配が薄れますので、多少のことなら、人に気づかれずに行動できます」

「ひょっとして、陰陽師なのですか？」

「はい。現在、検非違使庁に出向中ですが」

鶴丸は陰陽の印をちらりとみせた。

「わっ。本物」

あざみの目がキラキラと輝く。良家の子女だけに、状況がわかっていないのだろうかと、不安になる表情だ。

とはいえ、泣いて歩く気力もない状態より、ずっといい。

さすがに袿を重ね着している状態では身軽に歩けないので、小袖と袴、一番表の袿を一枚以外は脱いでもらい、さらには、麻ひもを使って、歩きやすいように衣服をたくしあげて、腰でしばりあげた。不格好ではあるが、裾《すそ》が大地に擦《こす》るような状態では、歩きにくいから、やむを得ない。

あまりの格好に嫌がるかと思いきや、あざみは、嬉々《きき》として楽しそうだ。

孝行が燭台を手にして、先導する。

通路に横たわっていた大蛇を見て、あざみは驚き、小さく声を上げた。もっとも恐怖を感じたというより、どちらかというと好奇心が強い、という印象だ。

「これは？」

「先ほど、大江どのが仕留めた大蛇です。おそらく、この岩穴に住んでいたものかと」

「まあ」

あざみは驚いたようだった。

ざあざあという水音が近づき、滝の裏側に出た。

「滝の裏側なんて初めてだわ。来たときは気を失っていたんだけど、私、すごいところに閉じ込められていたのね」

あざみは目を輝かせた。

明らかに現状を楽しんでいる。

「少し落ちつかれたほうがいい」

孝行が眉を寄せ、あざみをたしなめた。

「岩窟《がんくつ》内はたぶん誰もおりませんが、そのご様子ですと、本堂に入ったら、たぶん、一発で見つかってしまいます」

「あら。そうね。隠形の術って、万能ではないんですものね」

訳知り顔であざみが頷《うなず》いて、神妙な顔になる。

ただ、本当にわかっているのかどうかは、微妙なところだが。

あざみは、鶴丸が今まで仕事で見てきた女性と随分違うとは思う。しかし、ひょっとしたら身分高き女性というのは、こういうものなのかもしれない。

本堂に戻ると、灯《あか》りは消えていた。

どうやら、夜明けが近いようだ。わずかに差し込む外の光のおかげで、おぼろげに形がわかる。

大きないびきがあちこちからしている。動く気配はなく、起きている者は、いないようだ。

孝行は用心深く、御簾の方へ移動していく。灯りがないため、全身の感覚を研ぎ澄まさなければ、周囲の様子を把握できない。

その背を追うように、鶴丸とあざみが続く。

「あっ」

あざみが何かを踏んで倒れた。

「いっ、いてぇ」

悲鳴が響く。

「ご、ごめんなさい」

反射で、あざみが謝ってしまい、隠形の術が完全に破れた。

「身体束縛、急急如律令！」

あざみが踏みつけた男に、慌てて鶴丸は札を張り付けた。

異変に気付いた者たちが身を起こし始める。

「急げ！」

もはや術の効果はないと、判断した孝行が叫んだ。

あざみと鶴丸は、一番近い御簾に向かって走る。盗賊たちは寝起きのため、まだ動きが鈍い。

孝行が御簾を太刀で切り落とすと、光が差し込んだ。

あざみと鶴丸は、そこから転がるように濡《ぬ》れ縁《えん》に出た。

「跳べますか？」

高床式のため、地面から濡れ縁までは、大人の胸ほどの高さがある。

「大丈夫です！」

言いながら、あざみは勢いよく跳び降りた。

「大江どの！」

鶴丸は孝行に声をかけながら、あざみのそばへと着地した。

「先に行け！」

孝行は叫びつつ、太刀を振るい続けている。

白み始めたわずかな光の中、門の方に騎影が現れた。

「検非違使、佐《すけ》、淡島数磨《かずま》である！　全員、神妙に縛につけ！」

朗々とした声が響き渡り、わーっとときの声を上げて、検非違使たちが入ってきた。

「鶴丸さまっ！　こっちでさあ！」

ヲロチが、大きく手を振って、手招きをする。

戦闘がはじまった。悲鳴や怒号が、夜明け前の寺に響きわたる。

「あざみさま」

「は、はい！」

鶴丸はあざみを連れて手を振るヲロチへ向かって、走った。


戦闘は間もなく終わった。

夜明けということもあり、盗賊たちの動きが鈍かったこと、完全に不意を突いたというのもあるだろう。

捕らえられた盗賊は全員、縄で縛りあげられた。

強奪したと思われるものは、本堂の片隅に無造作に積み上げられており、一部の食料以外は、全てそこにあった。

服装こそ、みすぼらしいものであったが、それでも、かなりの金子をそれぞれが手にしていた。一つの仕事ごとに、一定の銅貨による支給があったらしい。

黒獅子党と名乗っていた盗賊団の頭は、最後まで抵抗したが、最終的には、捕縛され、淡島の前に引き出された。

着古した直垂《ひたたれ》に、ぼさぼさの髪。烏帽子《えぼし》は被《かぶ》っていない。

髭《ひげ》は伸び放題になっていて、赤ら顔。縛り上げられ、膝《ひざ》をついている。

「鍋岡さまのご息女をさらった理由は？　素直に話せば、我々にも慈悲はある」

淡島の言葉に、男は大きくため息をついた。観念した、というよりは、下手に逆らうことより従順にした方がよいと計算したようだ。

「頼まれたんだ。人さらいにあったとなれば、皇族に嫁ぐことはかなわぬ。さらった後のことは好きにしてよいという話だった」

盗賊にさらわれたとなれば、たとえ無事に帰ったとしても、さすがに皇族に嫁がせるのは難しい。皇子にあざみが嫁ぐことによって、鍋岡の力が強まることを何者かが恐れてしたことなのだろうか。

「別段、取って食おうとしていたわけじゃない。頂くものさえ頂ければ、きちんと親元に返すつもりでいた」

皇族に嫁がせることが叶《かな》わないとなっても、鍋岡にとっては大切な娘であることに変わりはない。身代金はかなり取れる、と踏んでいたのであろう。

「誰に頼まれた？」

「知らぬ」

男は吐き捨てるように答えた。さすがにそれは簡単には答えられぬらしい。

「呪符《じゅふ》は、どこから手に入れたのです？」

脇から鶴丸は歩み出て、問いかける。

「見たところ、呪術を使う人間が一人もいらっしゃらない。岩窟に張られていた呪符は、きちんと修行した人間にしか作れない類《たぐい》のもの。あのような呪符、どこから手に入れたのですか？」

「それは琵琶《びわ》……」

男が口にしかけた時、ベン、と、どこからか琵琶の音が鳴り響いた。

「しまった！」

鶴丸は辺りを見回す。周囲に怪しい者はどこにもいない。が、男が、突然、くはっと、口から血を吐く。

「まずい」

鶴丸は慌てて結界をはろうとした。

しかし無警戒だったこともあり、術は間に合わない。男はそのまま地に倒れて、どくどくと血が広がっていく。

鶴丸は、男の身体をだきおこすが、すでに事切れており、術の気配も消えてしまった。

一瞬のことだった。しかし……この気配は、知っている。

鶴丸は、自分を呪った人間の気配を取り逃がしたのだ。

「……すみませんでした」

「いや、しかたあるまい」

淡島は鶴丸の肩に手をのせた。

「あざみさまが、ご無事であったこと、それが何よりだ。盗賊も捕縛できた。多くを望んではならん」

淡島は、半ば、自分に言い聞かせているかのようだ。

「それにしても、占術のほうも見事だな」

「……今回は、当たりましたが、いつも、頼られては困ります」

鶴丸は苦く笑う。

「私は、もともと占術は苦手なのです……あ、このようなことを言ったのは、堀部《ほりべ》さまには内緒にしてください」

「わかった」

淡島は笑みを浮かべながら頷いた。

盗賊の連行の準備を始めた淡島から離れ、鶴丸は一息ついて、空を見上げる。

日が昇りはじめ、空はやや赤みを帯びている。

「鶴丸さま、水を」

亀助が、鶴丸に水筒を差し出した。

「ありがとう」

冷たい水がのどを潤す。

さすがの孝行も疲れ果てたようで、足を投げ出して座り込んでいる。一睡もしていない状態での大立ち回りだ。疲労困憊《こんぱい》するのもやむを得ないと思う。

その横で、あざみが熱心に孝行に話しかけていた。

「塚野どの……頼む、このお姫さまを何とかしてくれ」

鶴丸が、自分を見ていることに気が付いたのだろう。孝行が助けを求めてきた。

「どうかなさったのですか?」

「どうもこうもない」

孝行は肩をすくめた。

「根掘り葉掘り聞かれてかなわん」

「まあ、ひどいわ。だって、『弓取りの孝行』に直接、武具のお手入れとか日ごろの鍛錬とか聞ける機会はないんですよ?」

あざみは口をとがらせる。

深窓の姫君が、武具の手入れのことなど聞いてどうするのだろうとは思ったが、孝行は名をはせた武人であるし、それが噂だけではないのを身をもって知ったわけだから、彼女が興味を持つのは当たり前かもしれない。

「有名人なのは間違いないですから、仕方ないですよ」

鶴丸の言葉に、孝行は首を振る。

「……いや、このお姫さまの話は、そういう次元じゃないんだが」

明らかに孝行は疲れ切った顔をしている。

「あ、私、陰陽師《おんみょうじ》さまにもお話をお伺いしなくちゃ」

「え？」

あざみは鶴丸に駆け寄って、キラキラする瞳《ひとみ》をむける。

「あのね。私、前からあやかしとか術が見てみたくて」

「へ？」

唐突な言葉に、鶴丸は目を見開く。

つい先ほどまで、盗賊に囚《とら》われていた人間から出てきた言葉とは思えない。

「あなたたち、二人、すごくいいわね。なんていい素材なの！」

「は？」

何に興奮しているのか。あざみの言動は、鶴丸の理解を超えている。

「私ね、実は物語を書きたいの。今回、すごい体験をしたから、きっと歴史に残る大作が書けると思うの！」

「物語、ですか？」

内裏につとめる女房の中には、まわりの女官や上司である妃《きさき》たちに乞《こ》われて物語を書く者がいるとは聞いている。

「きっとすごい冒険譚《たん》が書けると思うの。私って、なんて運がいいのかしら！」

「……そうなのですか？」

興奮気味のあざみを、鶴丸は不思議な気持ちで見る。

盗賊の頭が語った通り、一度『盗賊にさらわれた』あざみは、もはや皇族の皇子に嫁ぐことは、叶うまい。

しかし、あざみは、全くそのことを重要視してはいない。

むしろ、その身に訪れた不幸ですら、自らの糧に変えていこうとする逞《たくま》しさを持っている。

——私も、そうでなければ。

呪いを受けた身であっても、自分らしく生きていくことはできる。

鶴丸はその腕につけられた陰陽の印に触れる。

――女であろうが、男であろうが、きっと、私はこの道を選んでいたに違いない。

そう思えば、心は軽くなる。

不意に、視線を感じて見上げると、孝行と目が合った。

大きく優しげなその瞳に思わず胸が高鳴り、あわてて視線を逸《そ》らす。

時折感じるざわついた感情がなんなのか、鶴丸自身、よくわからないでいる。

見上げた空は、既に青く、辺りはすっかりと明るくなっていた。

冷たい星が瞬いている。

暗い夜空だ。

辺りが静まり返っても、まだ月は昇らない。

時折、コトリと風が戸板をゆらすたびに、部屋の中に冷気が吹き込む。

鶴丸は、火鉢を抱え込むように座っている。それでも寒い。今日はことのほか冷えるようだ。

薄暗い部屋に置かれた高燈台《とうだい》の火が、風が吹くたびに揺れる。

鶴丸の前では、父の寅蔵が同じように火鉢を抱え込んでいた。

板張りの床の上に、むしろを敷いて座っているものの、下から冷えてくる。

「私を呪った術者は、今もまだ緑安京にいるようです」

鶴丸は、火鉢の中の赤い炭を見つめながら、父に話しかけた。

検非違使《けびいし》庁に出向するようになって、まもなく五か月になろうとしている。

寅蔵と鶴丸は、同じ家に住みながら、面と向かって話す機会があまりないせいもあるが、今の今まで、そのことについて話すことができなかったのは、確信がなかったせいもある。

鶴丸は、術を常に身近に感じてはいる。だが、呪術というのは、術者の個性が表れるとはいえ、誰のものかを見分けるのはなかなかに難しい。

それに、鶴丸は術者を特定できてはいないのだ。

「ひょっとしたら、政治にかかわる方々のそばにいるのかもしれません」

鶴丸は、黒獅子党の頭が、自白の最中に突然死した件について話し始めた。

「ほんの一瞬で、追うことはできませんでしたが、あの術者のにおいは、私の呪いと同じにおいだったように思えるのです」

「ふむ……」

寅蔵は、顎《あご》に手を当てて考え込んだ。

「鍋岡さまは、政策としては温厚派なのだが、少し欲をかかれて、反発を買ったところがあってな」

「あざみさまの件ですね」

「そうだ」

寅蔵は頷《うなず》く。

「現在、皇子は三人。普通に考えると、正妃の嫡子である白竜《はくりゅう》皇子が世継ぎになるのが順当ではあるが、何分、まだ、十歳。側妃の皇子である、鳳珠《ほうじゅ》、碧水《へきすい》のお二方が成人しているというのが何とも悩ましい」

現在、朱雀《すざく》皇帝は、自らの後継者を誰にするか決めていない。

もっとも、十年、いや、あと五年もすれば、正妃の嫡子である白竜皇子が継ぐことに誰も文句は言わないであろう。

「ただ、鍋岡さまがご息女を嫁がせようとしていたのは、後継争いにあまり熱心ではない方の、鳳珠皇子のほうなのだが。そのあたりは複雑で、難しい」

現在、朱雀皇帝は健康で、政治も安定しているから、表立った争いは起きていないが、くすぶるものはあるのであろう。

「結果として、鍋岡さまは、ご息女の輿入《こしい》れをあきらめなさった。皇子のほうは構わないとおっしゃったと聞くが、周囲の反対の声が大きくてな」

「でしょうね」

「つまり、ご息女をさらわせた黒幕は、結果として、望み通りになった、ということだな」

寅蔵は大きくため息をついた。

「その黒幕とは、誰なのか結局わからないままで、もどかしいです」

盗賊の頭であった男と数人は、過去に近衛府に在籍したことまではわかったが、黒幕と面識があったのは、頭だけだったようだ。豊潤な資金の出所についても、他の者は知らなかったらしい。

「……その後、あざみさまについてはご存じですか?」

「なんでも、内裏のほうに女房務めに出るらしい。ご本人は、いたって前向きに捉《とら》えているという話だが」

「それは、そうだと思います」

物語を書くのだと、目を輝かせていたあざみの姿を思い出す。

あざみ本人としては、皇族に嫁ぐより、むしろ現状の方が望んでいた道なのかもしれない。

「しかし、誰がそのようなことをしたのか……」

火箸《ひばし》で炭をつつきながら、寅蔵は顎に手を当てて考え込む。

寅蔵は、十五年間、ずっと鶴丸の呪いを解くべく、仕事の合間を縫って術者を捜し続けていた。その相手が、今、緑安京にいる。

「陰陽寮の堀田さまには、話したのか？」

「いえ……なんとお話ししてよいのか迷いまして」

鶴丸の呪いについて知っているのは、寅蔵とわずかな使用人だけだ。

「呪いの術者と同一だとしても、それは私以外には、なんの意味もない話。呪いはあくまで個人的なものですから」

「……とも、言いきれん」

寅蔵は首を振る。

「玄行皇子、その后《きさき》のゆかりのものだとすれば、現皇帝に恨みがあるかもしれない。そうだとすれば、十五年前の事件と無関係ではなくなる」

寅蔵は闇を睨《にら》む。

「あの時、祓《はら》っておればと、悔いても悔やみきれぬ」

妻の静と鶴丸を狙った呪詛《じゅそ》を、寅蔵は術者に返そうとした。

呪詛を『祓う』のと『返す』のは、同じようで違うものだ。

『祓う』場合は、相手が諦《あきら》めぬ限り、いたちごっこになる可能性があるが、とりあえず、脅威は去る。

逆に、『返す』場合は、相手に報復することができ、戦いに終止符を打つことができる。しかし、その場合は完全に力勝負であり、『返しきれない』事態が発生すると、呪詛は残ってしまう。残った呪詛は、術者に返すか、もしくはどのようにかけられたものか正確に把握して、解呪を試みなければならない。

「最初に気が付くべきであったのだ。不在だったとはいえ、屋敷には結界があった。素人が憎しみの深さだけで、破れるものではなかった。呪術の専門家が裏にいて当然だった。儂《わし》の未熟さが、静を殺し、そなたを苦しめている」

寅蔵は、大きくため息をつく。

呪詛は、かけた相手との力勝負だ。

もちろん、素人の礼子《れいこ》と寅蔵ならば、いかに憎しみが強くても、寅蔵の勝ちであったに違いない。

だが、呪いは、礼子一人でかけたものではなかったのだ。

その者は、礼子を見限り、自らの術を断った。それゆえに術のすべてを返すことができず、静は死に、お鶴《つる》は男として生きなければいけなくなった。

「父上には、準備も時間もなかったのですから」

鶴丸は首を振るが、寅蔵には何の慰めにもならぬようであった。

「できる限り動いてみる。お前は、無理をするな」

「父上こそ、ご無理をなさってはいけません」

寅蔵は、皇帝直属ともいうべき蔵人所《くろうどどころ》の陰陽師《おんみょうじ》で、その仕事は激務だ。

寅蔵がめったにこの家に帰らないのは、別段、別宅があるというわけではなく、職場から帰ることができないだけだと、鶴丸はよく知っている。

「私の呪いは、私が何とか致します。そのために、私は陰陽道を学んできたのですから」

「そうか」

寅蔵は目を細め、鶴丸に頷く。

「だが、いつでも儂にできることがあったら言うが良い」

「わかっております。でも、私は今、不幸ではありませんから。父上もご自身の人生を大切になさってください」

女として生きることを禁じられてはいるが、自分らしく生きていると思う。それよりも、寅蔵が、鶴丸の呪いを解くためにたくさんのことを犠牲にしている現状の方が辛《つら》い。

「お前の前を向く生き方、儂は誇りに思う」

寅蔵は淡く微笑む。

「ただ、儂は、自分のおごりが招いた不幸の償いをせぬことには、前を向けぬのだ」

十五年たっても、寅蔵は自分を責め続けている。

鶴丸は、火鉢の炭に目を落とす。やわらかい赤い光が薄闇の中に浮かんでいる。

父、寅蔵におごりがあったとは、思えない。

母を殺したのは、父ではない。鶴丸を呪っているのも、父ではない。

父は、鶴丸の命を救ったのだし、いつだって、守ろうとしてくれているのだ。

「ところで、検非違使庁はどんな感じだ？　あそこは荒っぽくはないか？」

「そうですね」

鶴丸はくすりと笑う。

「ただ、真正面から問題に向き合う職場ですから、わかりやすいかと。占術ができなくても良いのが一番良いです」

「……陰陽師が、占術を厭《いと》うてどうする」

寅蔵が眉《まゆ》をひそめた。

「堀田さまにも言われております」

鶴丸が苦笑すると、寅蔵も大きく頷く。

「なんにしても、冷えて来たな」

「はい。もうすぐ十二月ですし」

鶴丸は頷く。

「せわしない時期が近い。何事もなく年が明けてほしいものだ」

「そうですね」

鶴丸は頷く。

だが、願いはむなしく……事件は起こったのである。

第四章　大祓

ひやり、と強い風が吹き始めた。

夜の勤めを終え、露《つゆ》は自室に戻った。随分と風の強い晩だ。

燈台《とうだい》の炎も、細く、今にも消えそうで心もとない。

戸板がカタカタとゆれ続けている。

——琵琶《びわ》の音？

耳の錯覚であろうか。

風の音に紛れて、琵琶の音が響いているように聞こえる。

このような晩に、誰が琵琶を弾いているというのか。神社で寝泊まりしている社人に琵琶をたしなむ者はいない。

緑安京《りょくあんきょう》から遠く離れたこんな場所、それもこんな時間に外で弾くなんて酔狂な人間がいるとは思えない。

——まさか、ね。

露が首を振り、自らの考えを打ち消そうとした、その時。

辺りが突然、真っ白になり、激しい雷鳴が轟《とどろ》き渡った。

ズシンと振動がして、次に何かが裂ける音がした。

いやな予感がした。

屋根を激しく雨が叩《たた》き始め、風が吹き荒れる。

露は、部屋を出て、音のした方角の戸を少しだけ開けた。

「ご神木が……」

思わず、息を飲む。

大樹がふたつに裂け、豪雨の中、炎を上げて燃えている。

雨音の向こうに、何かの鳴き声が聞こえたような気がした。


「皇帝陛下が熱病に？」

思わぬ知らせに、孝行《たかゆき》と鶴丸《つるまる》は思わず声を上げた。

今朝は、緑安京で突然、多数、路上死した者がいるという話で、検非違使《けびいし》たちの多くがその清掃作業に駆り出されている。

そのような中、淡島《あわしま》にひそかに部屋に呼びだされたのだが、さすがにその内容に驚く。

「陛下だけでなく、内裏でかなり多くの人間が熱病に倒れたらしい。噂では、夜、不気味な鳴き声を聞いたあと、次々に倒れたとか」

淡島は、大きくため息をついた。

もっとも、検非違使は死んだ人間を片付けるのが仕事で、病人に対しての治療は医者と陰陽師の担当だ。

「一応、内裏の方から、疫病の疑いがあるゆえ、死者を早々に弔うことに検非違使は集中せよと言われてはおるのだが」

淡島は、ここからが本題だ、と口にする。

「実は、坂上《さかがみ》神社から、塚が壊れたという通報が入った」

「坂上神社は、管轄外では?」

孝行が顔をしかめる。坂上神社は緑安京の外だ。検非違使の捜査権はあくまでも、緑安京の中となっている。ただ、それは原則、という話だ。

実際に国司に捜査を頼むとすると、時間がかかってしまう。

「塚？　もしかして玄行《げんぎょう》皇子の塚でしょうか？」

「そうだ」
淡島は大きく頷《うなず》く。鶴丸は事態の深刻さを感じた。これは、塚が物理的に壊れたという
ことだけではなさそうだ。
「本来なら、場所も内容も我らの仕事ではないのだが、陛下がご病気というこの時に、と
考えると、偶然とも言い切れぬ。陰陽寮も多忙であるし、早急にうちで捜査をした方が良
いと、上からの命令でな」
「……そうですね」
孝行も得心したらしい。
「しかし、塚というのは、自然に壊れたりするものなのだろうか？」
淡島は首をひねる。
「自然にしろ、そうでないにせよ、塚が壊れたというのはあまり良いことではありません。
まして、玄行皇子の塚は祀《まつ》られるようになって、まだ十五年しかたっておりません。自然
に壊れたとすれば、よほどの災害に見舞われたか、もしくは祀り方が間違っていたか、で
す」
鶴丸は大きく息を吐いた。
「祀り方が間違っていたとは思いたくありません。身びいきといわれましょうが、玄行皇

子の弔いを主に行ったのは、私の父なので」

鶴丸は寅蔵《とらぞう》の仕事を信じている。

「玄行皇子の件は、私にとっても、忘れられない事件です」

鶴丸は小さく息を吐く。

「私の父は、玄行皇子の弔いの仕事のために、母を助けることが叶《かな》いませんでした」

「そうなのか？」

「父はそのようなことは、一言も言いません。ですが、時さえあれば、父に勝てる術者はいないと信じております。母が死んだのは、時が足りなかっただけなのです」

鶴丸は、未《いま》だにあの事件に囚《とら》われている父の姿を思う。真面目すぎる父。そんな父の仕事だ。間違いはないと信じたい。鶴丸の肩が震える。

ポンと、鶴丸の肩に大きく硬い手が載せられる。

振り向くと、孝行が優しく頷いた。

「推測でモノを言っても仕方ない。ともかく場所が場所、時期が時期だけに、単なる偶然とは思えぬ。調査をしよう」

淡島は笏《しゃく》で自分の手のひらを打った。

「世間に知られると流言飛語が飛び交い、やっかいなことになりかねぬ。出来るだけ、内密にな」

「承知しました」

鶴丸と孝行は頭を下げる。

鶴丸は孝行と連れ立って、検非違使庁の門を出た。

「簡単に私が修復できるようなものなら良いのですけど」

鶴丸は眉根《まゆね》を寄せた。空は鉛色で重い色をしている。吐き出した息は白い。

「陛下がご病気だとなると、陰陽寮《おんみよう》の力を当てにするわけにはいきません」

「なんにしても、行ってみなければ、何もわからぬ」

「そうですね」

鶴丸は、そっと拳《こぶし》を握り締めた。


空気が凍てつくように寒い。

倶利伽羅《くりから》橋へと向かう道は、寒さのためかいつもより人通りが少ないように思えた。ところどころ、大地を踏みしめるたびに、ザリッという霜柱の音がする。

「陛下が病に倒れたとなると、内裏はきな臭くなるな」

孝行は弓の感触をたしかめるようにしながら、呟《つぶや》く。

「そういうものでしょうか?」

「まだ、後継がはっきりきまっておらんからな」

「……そうですね」

寅蔵も言っていたが、最有力候補である白竜《はくりゅう》皇子は、まだ十歳だ。

「皇子もそうだが、陛下には兄弟も多い。もともとは六人もいたのだから」

「詳しいですね」

「……まあな」

孝行は苦く微笑む。

「六人のうち、二人は仏門に入り、二人は臣籍に入った。いずれも皇帝の座を狙うことはないと思うが、担がれる可能性は残っている」

「担がれる?」

「本人にその気がなくても、周囲に都合が良ければ、推挙されることもあるってことだ」

倶利伽羅橋が見えてきた。

鈴音《すずね》川の水は、いつにも増して、冷たい色をしている。

「そして、最初はその気がなくとも、周囲に持ち上げられたりしていると、いつの間にか自分を見失い、権力を欲するようになる」

「本当に詳しいですね？」

まるで孝行が当事者のようだ。

「ま。聞いた話だが」

孝行は大きくため息をついた。

「もともと、朱雀《すざく》皇帝は、帝位を約束されていた皇太子だった。周囲のほとんどの人間はそのことに異論はなかったらしい。だが、玄行皇子の舅《しゅうと》であった八木右近《やぎうこん》は、なんとしても玄行皇子を帝位につけたかった。玄行皇子は、八木にそそのかされて、謀反を決意したらしい」

「そそのかされて？」

「もっとも、誰に言われようとも、兵を集め、乱を起こそうとしたのは皇子本人だ。八木も玄行皇子と共に処刑されたし、極刑を免れたはずの妃も死亡した。手に入れられないはずのものを欲するということは、失うものも大きいということなんだろうな」

孝行の眼は遠い空を見ている。

玄行皇子が乱をおこさなければ、鶴丸の母は、死ぬことはなかった。鶴丸も、お鶴《つる》として生きていたに違いない。権力は、それを望んだ人間と全く関係のない者達にまで、影響を与えるのだ。

「そうかもしれませんね」

鶴丸は手首に見える陰陽の印に視線を落とす。自分のこともそうだが、未だ、過去に囚われ続けている父を思う。

「もっとも、親父の話だからな。正しいとは限らんが」

孝行はそう言って、大きく伸びをした。

「お父上の？」

「ま、だから、本当のところはわからない。ただ、俺としては朱雀皇帝が早く病を治して、しっかりしてもらいたいだけだ。このままだと権力の香りに惑わされる人間が出てくる可能性が高い。それは、悲劇しか生まん」

「そうですね」

玄行皇子が玉座を望まなければ、いったいどうなっていたのだろう。

――もしかしたら、私はここにはいなかったかもしれない。

そう思い、ふと、孝行の横顔を見上げる。

心が騒ぐ。陰陽師になっていなかったら、自分はどうしていたのだろう。その人生は、今より幸せなのだろうか。

「どうかしたのか？」

急に黙り込んだ鶴丸を心配げに孝行が見ている。

「いえ……」

鶴丸は慌てて、橋のたもとへ目を向けた。

焚火《たきび》を何人かの男たちが囲んでいるが、さすがに川に入っている様子はない。

「さすがに、今日は漁をしていないようですね」

「……そうだな」

二人が橋へと向かおうとすると、「お役人さま！」と、声を掛けられた。

思わず立ち止まると、男が走り寄ってきた。佐吉《さきち》だ。布衣《ほうい》の上にむしろを羽織っており、少しでも寒さをしのごうとしているようだった。

「ああ、やっぱりお役人様だった」

佐吉は肩で息をして、ほっとしたような顔を見せた。

「どうかしたのか？」

「その……誰か偉い人にお話ししておかなくては、と思いまして」

思いつめて、切羽詰まった顔だ。

「何をですか？」

鶴丸は、落ち着かせるように、静かに話しかけた。

「実は夜中に、ヒョーヒョーって、変な声で鳴きながら、大きな化け物が、空を飛ぶのを見たのです」

「化け物？」

「へえ。よくはわからないんですが、羽もないのに、空を飛んでおりました」

佐吉はブルルと肩を震わせた。

「そいつが鳴くと、冷たい風が吹いて、そこら中に霜が降りて真っ白になります」

佐吉は川を指さした。

「今は流れておりますが、そいつが飛んでいくとしばらく、川の水も凍りました。河原に住んでいた何人かは死にました。この時期、おら達はできるだけ一晩中、火を焚《た》くことにしておりますが、恐ろしくて」

「そうですか……」

鶴丸は鉛色の空を見上げた。

この世ならざるものの気配は、今は感じない。しかし、この肌に感じる冷気は尋常ではない。

「すぐには無理かもしれませんが、必ず、なんとかします。しばらくの間、夜は火を焚き続けてください」

佐吉が言うような化け物は、文献で見たことがある。が、もし、それが本当に現れたとしたら、緑安京は滅ぶかもしれない。

鶴丸は、佐吉に言い聞かせながらも、自分の考えが間違っていることを密《ひそ》かに祈った。


坂上神社は、しんと静まり返っていた。

寒さのせいもあるだろう。参拝客はほぼおらず、朱色の鳥居は鉛色の空のせいで、くすんで見えた。

「塚が壊れたのは、二日前の夜です」

訪れた二人の案内に現れたのは、露だ。さすがに、表情は暗い。

「木が……」

鶴丸は、目の前の光景に絶句した。

拝殿の奥にあった大樹が、二つに裂け、黒焦げになって倒れている。

奥にあった盛り土は、どこにもない。

「雷か？」

「神木は、そうね」

露は孝行に頷《うなず》き、大樹のそばへ、二人をいざなう。

「眩《まぶ》しい光と大きな雷鳴とともに、裂ける音がしました。間違いなく雷だとは思います——ただ」

露の指さした先にあるのは、大きな陥没した穴だ。

盛り土がしてあったはずのそこは、地の底までかというほど沈み込んだ、深い穴になっている。

「塚の方は、雷では説明が付きません」

鶴丸は、穴の縁に立ち、その下を覗《のぞ》き込む。底が見えぬほどに深い。吸い込まれそうなほどの虚無だ。その奥に残っているのは、強い憎しみに満ちた闇。

「恐ろしい」

思わず、鶴丸は口にする。

膝《ひざ》がガクガクと震えた。陰陽師《おんみょうじ》として情けないと思う。

しかし、この恐怖は、陰陽師だからこそ、感じるものだ。

「ここにあった大きな力が、どこかに消えてしまいました。間違いありません」

「それは、玄行皇子のことか？」

「はい。正確には、かつて玄行皇子であった力です」

孝行に頷きながら、鶴丸は、ゆっくりと塚を調べ始める。

「誰かが、玄行皇子の憎しみを煽《あお》り、ここから解放したと思われます」

「憎しみを煽る？」

「あえて、父の術を破ろうと労せず、玄行皇子の魂を作り替えて、内側から破壊しております。神域にずっと留《とど》まっていた魂は、この地の力を得てかつて封印された時より、はるかに強くなっている」

本来は、少しずつ自然に力は還《かえ》されて、この地の護《まも》りになるはずであった。まさか、このような形で破壊する方法があるとは、鶴丸は思ってもみなかった。

しかし、荒魂《あらたま》となった力は、人間の力で御せるものではない。その先にあるのは破壊だけ。術者は、その力を手に入れて、いったい何をしようとしているのか、全く見当がつかない。

「二日前、変わったことなどはありませんでしたか？」

露は首を傾げた。

「昼間は普通だったと思いますが……そういえば、琵琶《びわ》の音が聞こえたような気がして」

「琵琶の音？」

「ちょうど、風が吹き始めた時間だったから、聞き間違いかもしれないんだけど」

風が山を吹き荒れる日は、不思議な音がすることは珍しいことではない。

だが、琵琶というのがひっかかる。

鶴丸は、塚の周りの土くれに触れる。力の残滓《ざんし》がわずかに残っている。

強い力は玄行皇子の力。優しい力は父、寅蔵の力。そして、もうひとつ、微量ながらも、反吐《へど》が出るほどの昏《くら》い力がある。それは、鶴丸のよく知る力だ。

「黒獅子《くろじし》党の頭を呪殺《じゅさつ》した人間です」

鶴丸は大きく息を吸い込んだ。心が重い。

「そして、私の母を殺した奴に間違いありません」

「静《しず》さまを？」

露の眼が見開かれる。

「父を上回る術者が、人ならざる大きな力を手に入れた。私には、いえ、もう誰にも、どうすることもできないかもしれません」

「塚野《つかの》どの」

鶴丸は震えながら拳《こぶし》を握り締めた。

弱音など吐きたくはない。だが、父の術をここまで完璧《かんぺき》に破られると、どうしたらよいのか、わからない。

「落ち着け……鶴丸」

孝行の手がのびて、鶴丸は抱きよせられた。

一瞬、何が起こったのかわからなかった。

「お前の父君は、この国で一番の陰陽師。その術を破るとなれば、並大抵ではない」

耳元で囁《ささや》かれる、優しい声。心に染みてくる声だ。その声が、高ぶった鶴丸の心を静めていく。

「……わかっております」

「しかし、お前は、父君は時間がありさえすれば、そいつに負けることはなかったと、言ったな」

「言いました。言いましたけど……」

悔しさに涙がにじむ。誰よりも強いと信じている父なのだ。それに、この封印の仕事ゆえに、父は母を助けられなかったのだ。その術が破られた。これほど悔しい話はない。

「ならば、そうなのだ」

どういう意味なのか。顔を上げた鶴丸に、孝行は優しく微笑した。

「時平《ときひら》さまの事件の時、お前は、親子の魂を救うには縁のある時平さましかできぬと言った。あれが方便でないのなら、逆もあるのではないのか？」

「逆？」

ポンと、露が手を打った。

「そうよ。玄行皇子と縁の深い人間なら、寅蔵さまの術をかいくぐって、魂を煽ることが簡単なのかもしれませんわ」

「玄行皇子と？」

それにしても玄行皇子は十五年も前に獄死しているのだ。今さら関係者を調べるなんて、できるのだろうか。

「皇族なればこそ、つながりは文書にも残っている。そもそも十五年前の出来事だ。まだ関係者は生きている。調べる手立てはいくらでもある。悲観するのは早い」

「はい」

鶴丸はそっと頷く。

大きくて硬い孝行の胸のぬくもりが心強い。

「取り乱して申し訳ございませんでした」

「気にするな」

孝行はゆっくりと鶴丸の身体から離れていく。

去っていく体温が、なんとなく寂しく感じられた。

「誰にだって、弱いところがある。四六時中、つっぱっていると、いつか切れる。俺と組んでいる時くらい、気を抜いてもいい」

「そうね。孝行はともかく、私といるときは、自然にしていても良いのよ」

露が優しく微笑む。

「やめてください。涙が止まらなくなります」

「たまにはいいんじゃないか？」

「戦いは、これからなのです」

だから、陰陽師は心を揺らしてはいけない。

鶴丸は、大きく息を吸い込んだ。

検非違使庁《けびいしちょう》に戻った二人を淡島は沈痛な顔で出迎える。

どうやら、平民たちの間でも、次々と病に倒れる者が増えているらしい。

「事態は厳しいな」

淡島は、さらに表情を険しくした。

「陰陽寮と、蔵人所《くろうどどころ》の塚野さま宛《あて》に、状況の連絡はわしからしておこう。しかし、現在、内裏は大変な騒ぎよ。もっとも、内裏に限らず、そこらじゅうで病に倒れている。急がねばな」

「内裏の外もとなると、さすがに陰陽師総出でも、守りが追い付きませんね」

疫病は、疫神によって、ばらまかれる疫鬼を身体に取り込むことによっておこる。

疫鬼を身体から追い出し、滅することが出来れば完治する。

そのためには、祈禱《きとう》するか、薬を使うなどで身体そのものの力を高めるしかない。

疫鬼を滅するのは、かなり難しい。ゆえに、ひとたび病に伏してしまった皇帝を治癒させるのは、父や堀部《ほりべ》をもってしても、骨の折れる祈禱となるだろう。

「淡島さま」

ずっと考え込んでいた孝行が顔を上げた。

「恵光《えこう》法師に会いに行こうと思うのですが」

「恵光法師というと、陛下の弟君の？」

仏門に入ったという皇子だ。

「やはり、当時のことは当時のことを知っている方に聞かねばなりません」

「そうだな。まあ、おぬしの親父どのにもお聞きできれば、一番よかろうが」

「緑安京にいない人間には聞きようがないです」

「お父上がどうかしたのですか？」

鶴丸の問いに、孝行は肩をすくめて答えない。淡島も特に話す気はないようだ。

なんとなく、疎外された気分になる。

説明する時間が惜しいだけなのかもしれないが、部外者扱いされたように感じてしまう。

そんなことで、いじけている場合ではないこともわかっているから、鶴丸はそれ以上聞けなくなった。

「行って来い。とにかく情報が足りん」

淡島に送り出され、そのまま鶴丸と孝行は、検非違使庁を出た。

鉛色の空に気分が重くなる。

「鶴丸」

孝行に名を呼ばれて、どきりとした。

いつの間に、そういうことになったのか、と思う。名で呼ばれて困ることではない。もともと孝行の方が、年齢も上だ。呼び捨てにされても不思議ではない。

とはいえ、急激に距離が近くなった気がするのは、鶴丸の錯覚であろうか。

距離が近くなったとはいえ、それは仕事の同僚としてである。胸の鼓動が速くなるのは、どう考えてもおかしい。

「今回のこととはあまり関係ないし、意味はないことなんだが、話しておくことがある」

孝行は、大きく息を吸った。

「俺の父は、大江《おおえ》長矩《ながのり》。臣籍になった、元皇子の一人だ」

「へ？」

鶴丸は目を丸くした。唐突な話だ。

「だが、俺の父の母——俺の祖母だな——は身分の低い貴族だった。それで、父は皇位継承争いに加わることなく、早々に臣籍に入ったという次第だ」

淡々と話す孝行の表情から、感情はあまり読めない。

「だから、実はこれから会う恵光法師も、俺の伯父《おじ》にあたる」

「ご面識が？」

「少しはな。父が都にいたころに何度か。俺の父は、最初から皇位に興味がなかったから、わりとどの兄弟ともつきあいがあったらしい。一応、陛下とも仲が良い……と、自分では

言っている。自己申告だから、定かではないが

「大江どのを見ていると、その通りなのではないかと思います」

孝行は、非常に気配りができて、どことなく品がある。

孝行の父親であれば、きっと、人当たりの良い人で、ぎすぎすせずに兄弟付き合いができたのだろうと思う。

ただ、元皇族と聞いて、少しだけ自分との距離が遠くなったような気がした。

「……そういう顔をするだろうと思ったから、話したくなかった」

孝行は鶴丸の顔を見ながら大きくため息をつく。

「父はともかく、俺は殿上人ですらない。継承権など、全く無縁の存在だ。一応、現状に満足しているが、別段、聖人で無欲というわけでもない。勝手に、壁を作るな」

「すみません」

おそらく、検非違使の仕事を始めたころから、皇族の血をひくということで、周りが勝手に壁を作るようなことがあったのだろう。

きっと、孝行なりに苦労したのだろうなと思う。

そして、孝行の出生がどうであれ、今の孝行が別人に変わるわけでもない。鶴丸は思わず、自分を恥じた。

「えっと。そんなに気にしなくてもいい。ただ、距離をとられたりしたくなかっただけだから」

孝行はこほん、と咳払《せきばら》いをする。

「それにしても、鶴丸は本当に考えていることが、顔に出やすいな」

くすり、と孝行が笑った。

「そ、そうでしょうか？」

鶴丸は首をかしげる。

「私は、これでも陰陽師《おんみょうじ》として心を揺らさぬ訓練をしてきているのですけれど」

そういえば、少し前に堀部にも同じようなことを言われた気がする。

「揺らさないようにすることと、顔に出さないようにすることは別だ。恥じることではない」

孝行は微笑した。

「むしろ、普段感情を抑えようとしすぎているからこそ、気持ちが動けばそれを隠せない。陰陽師は冷静であるべきだと思うが、感情を失わなければいけないというものではないだろう？」

「それは、そうかもしれませんが」

孝行の言っていることは正しいとは思う。

ただ、鶴丸は秘密を持つ身である。感情が顔に出ると言われると、ひょっとしてその秘密も知られているのではないかと勘繰ってしまう。とはいえ、現状、呪いは発動していないのだから、大丈夫なのだとは思うが。

「……それで恵光法師とは、どのようなお方なのですか？」

鶴丸はさりげなく、話を元に戻した。

「恵光法師は、仏画をたしなまれていて、それを極めたくて仏門に入られた方だ。音曲にも煩《うるさ》い方でね。ちょっと変わっていらっしゃるけど」

仏門に入ったとはいえ、恵光法師は緑安京の西の端に屋敷を構え、日々絵を描いているらしい。その腕は、なかなかのもので、内裏で使用する屛風絵《びょうぶえ》なども手掛けている風流人だ。

周辺にあまり貴族屋敷はなく、緑安京の中という感じがあまりない。

もっとも、そのぶん、土地に余裕があるため、恵光法師の屋敷は、楽隠居をしている終《つい》の棲家《すみか》にしては、随分と広大であった。

突然の来訪ではあるものの、検非違使の訪問は原則断られることはない。二人は広い庭園のある濡《ぬ》れ縁《えん》を通り、奥の間へ通された。

寒いため、まだ日が高い時間ではあるが戸板を閉めているようだ。

高燈台《とうだい》に火が灯《とも》されていて、使用人が大きな火鉢を運び込んでくれる。

板張の部屋の床は、凍《し》みるように冷たく、鶴丸と孝行は二人で並んで火鉢を囲んだ。

部屋は質素ではあるが、椿の花の描かれた見事な屏風が置かれていた。おそらく、恵光法師が自分で描いたものであろう。

ほどなくして、やってきた法師は、やや痩《や》せ気味でひょろ長い印象の、四十前後の男だった。

頭は剃《そ》っているが、あごひげは伸びている。頭巾《ずきん》をかぶって、法衣を着ていた。人なつっこい感じの目をしていて、どことなく気品がある。

「ご苦労だな」

突然の訪問にもかかわらず、柔和で優しそうな笑顔だ。

どうやら歓迎されているらしい。

「おひさしぶりでございます」

孝行は丁寧に頭を下げると、「しばらくだったな」と、法師は応《こた》えた。

「検非違使というから、びっくりした。孝行どのとはな」

「……おそれいります」

「大きくなられた。もう妻はおるのか？　そろそろ周囲が煩い時期であろう？」

鶴丸は思わず孝行の顔を見る。そういった話は聞いたことがないが、よく考えたら、既に妻がいても不思議はない。

一瞬、孝行と視線がぶつかったような気がして、鶴丸は慌てて下を向いた。胸がざらついたように感じる。なぜなのかはわからない。

「あいにくまだ、仕事で精いっぱいの状態ですから」

鶴丸の動揺を知ってか知らずか、孝行はにこやかに答えた。

「ま、仏門に入った拙僧に言われとうはないだろうが」

くっくっと、法師は笑い、上座に座った。

「そちらは？」

法師は興味深そうに、鶴丸を見た。

「検非違使庁専属陰陽師、塚野鶴丸と申します」

鶴丸は、そっと陰陽の印をみせる。

「塚野？　ああ、寅蔵どののご子息であられたか。よく似ていらっしゃる」

法師は、得心したらしく、口元をほころばせた。

「して、今日は何の用かね？」

社交辞令を切り上げて、本題に入るように促す。

「玄行皇子の件でお伺いしたい」

孝行は口を開いた。

「当時のことは、やはり当時の人間に聞くしかありません。本当は、皇子のみなさまにお伺いしたいところですが、緑安京にお住みなのは、陛下と恵光法師だけですから」

「そうだな」

法師は頷《うなず》く。数珠《じゅず》を手にしており、親指の腹でその数珠玉に触れる。まるでそこに、過ぎ去った過去があるかのようだった。

「玄行皇子とは、どのような方でしたでしょうか?」

「まじめな……まじめすぎる男だった。気の弱いところと、嫉妬《しっと》深いところがあった。まあ、兄弟の中では付き合い辛《づら》い男とも言えたかもしれない」

ふうっと息を吐く。

「こと、陛下とは折り合いが悪かったようだ。もっとも、玄行皇子は、継承権の第二位。それゆえに、陛下への対抗意識が強かったのだろう。だが、継承順位が覆らないのは、誰から見ても明らかであった。資質、家柄のどれをとっても、陛下がずば抜けていた。奴にはそれがわからなかったゆえに、不幸となった」

高燈台の炎がジジッと音を立てた。

法師の言葉は淡々としている。

「調書によりますと、朱雀皇帝が皇帝の座に就かれてからは、ずっと怯《おび》えていたとありました。自分は、いずれ謀反の罪を着せられて、処刑されるのが目に見えていたと」

「そうだな」

孝行の言葉を、法師は否定しない。

「その件に関しては、舅《しゅうと》の八木が、かなり奴にいろいろ吹き込んだ結果でもあるが……。ただ、それほど身に危険を感じていたのであれば、皇位継承権を放棄して生きる方法もあった。そうしなかったのは、やはり皇帝の玉座にこだわっていた証拠だ」

「そうですね」

六人の皇子のうち、四人は、皇族として生きることをやめた。

倒すか、倒されるか。その選択しかなかったわけではない。

「玉座に就く、ということで、何かをなしたかったのか、それとも単純に頂点に立ちたかっただけなのかは、わからぬ。しかし、命の危険を感じていたから、謀反を起こしたというのは、やりすぎだ。それに、実際のところ、陛下は玄行皇子を害そうと考えてはいなかった。陛下は、むしろ役職を与えるおつもりだったのだから」

法師の言葉は厳しくて、そして、哀しげだ。

死した人間が全て悪かったわけではないにせよ、生きて目的を叶《かな》える方法を模索できなかったのかとは、思う。玉座に就くだけが目的なら、どうしようもなかったとも言えるが、その結論はあまりにせつないと鶴丸は思う。

「ご趣味などはなかったのでしょうか？」

鶴丸の言葉に、法師は首をひねった。

「何もかも、一通りはこなす男ではあったが……そういえば、琵琶《びわ》は特別に好きであったなあ」

「琵琶？」

塚が壊れた時、露は琵琶の音を聞いたと言った。

鶴丸も、同じ術者と思われる術を追ったとき、琵琶の音を聞いている。偶然ではないかもしれない。

「もっとも、演奏の腕前の方は、まあまあといったところで、可も不可もないという感じだった。だが、本人は自信があったのだろう。ある宴《うたげ》で、皇子の前座で披露した男が絶賛を浴びてしまい、その男は皇子の逆鱗《げきりん》に触れたと噂されたことがあったな……それ以来、その男が演奏する姿を見ておらん。噂では、腕を焼かれたと聞く」

「……ひどい話ですね」

鶴丸の感想に、法師は苦笑した。

「その男は、本来は、そういった宴に出ることもかなわぬくらいの身分であるのに、皇子の情けで表舞台に立ったらしい。しかし、目立ちすぎたということなのだろう」

「それが本当なら、あまりにも狭量では……」

孝行は眉根《まゆね》をよせた。もちろん、面白くなかったであろう気持ちは理解できなくもないが、仮にも玉座に立ちたいと思っていた人間の度量とは思えない。

「その後、誰もその人を演奏会に呼ぼうとなさらなかったということですか？」

鶴丸の質問に法師は首を振る。

「何度か折を見て、奴に話した。実に見事な腕前で、埋もれるには惜しかった。わしの手元に引き取り、援助したいと頼んでもみた。しかし、本人が望んでいないとの一点張りで、とりつくしまもなかった」

「そこまですごい腕前の方だったのですか？」

一度聞いただけで、そこまで虜《とりこ》にする奏者であったなら、それを仕事にすることもできたはずだ。

「少なくとも、わしはそう思った。つてを使って、なんとか直接、その男に会おうとした。

だが、会えなかった。彼は、琵琶の奏者として生きるつもりがないのは本当だったらしい。どうやら、もともとは藤沢《ふじさわ》家に縁のある人間らしいのだが」

「藤沢家？」

「玄行皇子の母親が、藤沢の家の出身だ。今も昔も権力の中心に居る名家よ。それゆえに、擦り寄るものが多く、玉座を諦《あきら》めることができなかったともいえるが」

法師は大きくため息をついた。

「琵琶の奏者として生きるつもりがないということは、何か他の仕事をしていたということでしょうか？」

「よくは知らぬ。だが、謀反で捕らわれた奴の家来の中に、その男はいなかった。少なくとも玄行皇子の配下ではなかったらしい」

「その人の名前は？」

「芦田《あしだ》実人《さねひと》。生きておれば、四十歳くらいだと思うが……それこそ陛下の御前で演奏するだけの技量を持っておったのに、非常に惜しいことよ」

法師は顎《あご》を撫《な》でながら、首を振る。本当に残念に思っているのだろう。

「その方はどこで、琵琶を学ばれたのでしょう？」

「……さあて。藤沢の家なのかもしれん。わしは、ちょっと藤沢の家と折り合いが悪くてな……そのせいもあって、その男に会えなかったのもある」

　法師は肩をすくめた。

「藤沢家は、芸能を尊び保護をし育成もする。それは良いが、どうにもきな臭いところがあって、好かん。裏で何かをやっているという噂も絶えない――ああ、わしがそのようなことを言うたとは、伝えてくれるなよ」

「承知しております」

　孝行が苦笑しながら頷く。

「おお、そういえば」と、思い出したように法師は手を打った。

「琵琶と言えば、雷桜《らいおう》という琵琶を、玄行皇子が持っていたはずなのだが、それは失われてしまってな」

「雷桜？」

「ひとたびかき鳴らせば、天を裂くとまでいわれた異国の琵琶だ。もっとも、その音を聞いたことは、ないのだが」

　法師は苦く笑った。

「奏者を選ぶと言われており、呪力《じゅりょく》を持つとまで言われている。おそらく奴には弾くことが叶わなかったのではないかと思うが、どこへいってしまったのやら」

「呪力……」

失われた琵琶、『雷桜』。そのものについては、鶴丸はよくわからないが、楽器の中でも、名器と呼ばれるものの中には、確かに、奏でることにより呪術を可能とするものがある。もし、その『雷桜』が、そのような楽器で、能力の高い奏者が奏でたとしたら、呪詛《じゅそ》も可能かもしれない。

露は、琵琶の音を聞いたと言う。

思えば、あの匂いがするたびに、琵琶の音を聞いたような気もする。

「いずれわかることでしょうから、法師にはお話ししておきます」

孝行は声を潜めた。

「坂上神社の、玄行皇子の塚が壊されました」

「何？」

「塚が壊されたとき、姉は、琵琶の音を聞いたと言っております。その雷桜という琵琶について詳しいことを知っている人はおりませんか？」

孝行の問いに、法師はふむ、と唸《うな》った。

「知っているとしたら、左大臣、藤沢種友《たねとも》に聞くが一番良かろう。あやつが異国から持ち込んだ琵琶なのだから……」

「種友さまですか？」

「ああ、しかし、真面目に話すかどうかはわからん。どうにもふざけた男だからな」

法師は、いかにも気に食わないというように、肩をすくめた。


恵光法師の屋敷を出るころになると、日はだいぶ傾いていた。

鉛色の空は薄暗く、空気が重苦しい。まだ明るいというのに、既に辺りは冷え切っている。路《みち》の土は、いつもより硬く、堀の水は凍っているようだ。

肌が痛いほどの寒さで、息が白い。

藤沢の家は、恵光法師の家よりも、内裏に近い位置にある。

辺りには、貴族屋敷が多いが、かなり広大な土地を有している屋敷が多い地域だ。

左大臣ともなれば、その権力はゆるぎないものであり、その屋敷も実に広く立派なものであった。いくつもの蔵が並び、広い屋敷は、母屋の他に離れまである。門扉には真新しい柊《ひいらぎ》がさしてあった。おそらく疫鬼よけであろう。

噂では、離れにたくさんの芸能に秀でた人間を養っていると聞く。

屋敷内に案内され、濡《ぬ》れ縁《えん》をゆっくりと渡っていくだけで、それは噂でなく大きな富に支えられた事実であると、認識する。庭園は実に見事で、手入れが行き届いていた。

案内された部屋は、広い板敷の部屋に、異国の織物でつくられた敷布がしきつめてあった。

鶴丸も孝行も戸惑ったが、どうやら、その上に座ってよいものであったらしい。

見たことのない異国の敷布は、非常に暖かかった。

「検非違使《けびいし》殿がどのようなご用件か？」

入ってきた男は鶴丸と孝行を不躾《ぶしつけ》に見た後、そのまま一段高い位置に座る。上等な絹で織られた朽葉《くちば》色の狩衣《かりぎぬ》で、単《ひとえ》は珍しい毛織物だ。四十で左大臣となったというだけあって、目は不機嫌そうだが、口元には笑みを張り付けている。

「お忙しいところ、恐縮です」

孝行のあいさつに合わせ、鶴丸も丁寧に頭を下げた。

「前置きは良い。検非違使の訪問とあれば、答えねばならぬ決まり。そう承知しておるゆえ、手短に頼む」

種友は、面倒な様子を隠しもしない。正直なのか、合理主義なのか。それともその両方なのか。

「実は、雷桜という琵琶についてお伺いしたいと思いまして」

「雷桜？」

藤沢種友は首をかしげた。

「藤沢さまが異国よりお持ち帰りになり、玄行皇子が所有なさっていたという琵琶のことです」

孝行の説明に、種友はようやく思いだした、というように手を打った。

「すまぬ。さすがに二十年近く前の話ゆえ、思い出せなんだ。いやあ、年は取りたくないものだね」

白々しく笑みを浮かべる。忘れてなどいなかったであろうに、とんだ狸である。

「天を裂くそうですが」

「それはさすがに言いすぎだ」

種友はにやりと口をゆがめた。

「呪力を持つ琵琶と言われておったのは事実だが、琵琶が天を裂くわけがない」

随分と断定的だ。

それゆえに、呪力があるという話は事実だと、鶴丸は確信する。

「奏者を選ぶとも聞きましたが」

孝行はさらに質問を投げかける。

「非常に癖の強い琵琶《びわ》でね。常の琵琶と違って、五弦なのだよ。それゆえに、呪力があるなどと呼ばれたのだ。私も玄行皇子にお贈りしたものの、どうやら、皇子には演奏はできなかったようだった」

皇子が演奏できなかったのは、事実だと鶴丸も思う。

もし、演奏できたのであれば、恵光法師もその音を聞いたことがないとは、言わなかったはずだ。

「その後の行方は、ご存じで？」

「さて……あれほどの名器、誰かが所有しておれば、噂になると思われるゆえ、弾けぬ楽器を手元に置いておいてもつまらぬということで、皇子が始末なさったのかもしれぬな」

種友は、その行方にあまり関心がないように見える。琵琶を持ち帰ったのは、単純に珍しかっただけで、楽器そのものにそれほど興味はないと言いたいのだろう。本当のところはわからないけれども。

「つまりは、癖のある楽器で、奏者を選ぶもので、特に呪力はない、とお考えで、行方も知らぬ、ということですな」

「そのとおりだな」

孝行の言葉をそのまま肯定する。その態度は一貫して、矛盾がない。

「では、もう一つご質問を。芦田実人という男をご存じですか？」

「……ああ、知っておる」

種友はふうっと息をついた。

「遠い親戚《しんせき》なのだが、親を亡くして以来、うちで養っておった」

「琵琶の名手だったとか」

「まあ、そうだな。見よう見まねで、うちにおる間に覚えたらしい。親父が呪い師だったゆえ、本人はそちらを志しておったが」

「呪い師？」

鶴丸の言葉に、種友は頷《うなず》く。

「わしの母が、迷信深いひとでな。常に占わせておったもんだ」

「現在は？」

孝行は畳みかけるように質問をする。

「さあて。十年以上前に、突然消えてしまった。数年前にしばらく舞い戻ってきておったが、またどこかへ行ってしまったようだな」

種友は肩をすぼめ、つまらなそうに答えた。

「種友さまに挨拶《あいさつ》することもなく立ち去ったと？」

「母が死んで、呪い師を必要とすることもなくなったからな。それでも親類ゆえ、邪険にしたわけではないが、ほどこしで飯を食うのは辛《つら》かったのであろう。その矜持《きょうじ》をとやかく言うのは野暮というものだろうよ」

「なるほど」

どこまで本当かはわからないが、筋が通ってはいる。

「玄行皇子の前座で、宴で演奏なさったのが、とても素晴らしかったとお伺いしましたが」

「……らしいな。あやつの死んだ母が皇子の乳母だったのだ。その縁もあって呼ばれたと聞いている」

「乳母？」

「乳母と言っても、本当に乳をやっただけの乳母だがな。皇子の母は乳があまり出なかった。芦田の家の身分は低かったが、たまたま同時期に子を持っている女が見つからなかったゆえに白羽の矢が立ったと聞いている」

皇子と縁のある人間、と、露は言った。

乳兄弟ともなれば、深い縁があるとも言える。

「それほどの腕前で、なぜ、彼は宴などで演奏するのをやめたのでしょう？」

孝行が疑念を口にする。

「面倒になったと言うておった」

「面倒？」

「音曲を楽しむのはかまわんが、その出来栄えで、恨みや妬《ねた》みを買うのはつまらんことだとな」

「……腕を焼かれたと聞きましたが」

孝行の言葉に、種友はふむ、と頷いた。

「皇子の側近がやったと聞いている。皇子自身は、その行為を恥じ、奴に謝罪をしたらしいが、音曲への情熱は消えたのだろうよ」

「さようですか」

聞くべきことは聞いたらしく、孝行の目が鶴丸に向けられる。

すべて正直に答えたとはとても思えぬが、相手は左大臣だ。緑安京きっての政治家なのだから、腹のうちをそれほど簡単に見せるとは思えない。

「門扉に疫鬼よけがほどこしてありましたね」

鶴丸の指摘に、ふん、と鼻を鳴らした。

「最低限の自衛を施して、何が悪いのかね？」

「いえ、素晴らしいの一言です」

鶴丸は丁寧に頭を下げた。


藤沢家を出ると、すでに日は落ちていた。

空に星はなく、月もない。重い色の雲が広がる昏《くら》い夜だ。

あまりの冷え込みのせいか、常にもまして人通りが少ない。風が時折、唸《うな》り声をあげる。

「どう見る？」

孝行が静かに問いかける。

「雷桜のことでしょうか？」

「ああ。藤沢さまはあのように言ったが、今回の事件と無関係とは思えない」

「私もそう思います」

鶴丸は琵琶の音を聞いたことがあるし、露も琵琶の音を聞いている。

もともとが玄行皇子の品であったのなら、塚を壊すのにも効果的に使えるはずだ。

「芦田実人という人物も、今回のことと無縁とは思えません」

呪い師で、琵琶の達人。玄行皇子に恨みを持っていても不思議はない、乳兄弟。関係がないと言い切ることの方が難しい。

「暗くなってきたな」

孝行は辺りを見回した。

「俺は検非違使庁に戻るが、鶴丸、お前の屋敷は、大内裏の南だったよな？」

「へ？　そうですが」

塚野家は、大内裏の南にある。なぜ突然、屋敷の場所を聞かれたのか、よくわからず、鶴丸は首を傾げた。

「いや、送っていく。もう遅い時間だ。淡島さまには言っておくから」

「え？」

もちろん、帰宅の定刻を過ぎてはいるものの、こんな時に屋敷に帰るわけにはいかない。

そもそも、帰るにしても、送られる意味が分からない。

「……私もごいっしょします」

「もう遅いぞ。こんな時間に行くと、あのむさくるしい中で徹夜になりかねんが、大丈夫なのか？」

「大江どのの部屋の片隅を貸していただくのは、迷惑でしょうか?」

鶴丸は検非違使《けびいし》庁に出向している身である。自分の部屋をもらっていないから、占いや仮眠などする場合は、誰かの部屋を借りなければならないが、それが迷惑ということなのだろうか。

鶴丸がそう言うと、孝行は微妙に顔をゆがめた。

「いや、邪魔とかそういうことはないんだが、その、だな……」

何か言いづらいことがあるのか、珍しく口ごもっている。

「まあいい。お前が気にしないのなら」

孝行は大きくため息をついた。なぜだか呆《あき》れたような目で見られた気がしたのは、どういう意味なのか、鶴丸にはわからなかった。

「それにしても、冷えるな」

耳が痛いほどに冷えている。このままだと凍死者もでるだろう。

薄暗い路を急ぎ足で歩くと、やがて築地《ついじ》の大垣が見えてきた。この先は大内裏だ。

「何やら騒がしいな」

「……そうですね」

門のそばにかがり火が焚《た》かれ、鎧《よろい》をまとった兵士がいる。戦でもはじまりそうな雰囲気だ。

門の向こうにもかがり火が所々に焚かれており、兵士の姿が見えた。

「どうかしたのですか？」

鶴丸は、門の前に立つ兵士の一人に声を掛ける。

兵士は、じろりと睨《にら》みつけたものの、鶴丸の腕の陰陽の印に気づくと、うやうやしく頭を下げた。

「夜になると内裏の方に化け物が出るという通報がありまして、守りを固めているところであります」

「化け物？」

「空を飛んでやってきて、恐ろしい声で鳴くそうです」

そういえば、佐吉が、空を飛ぶ化け物を見たと言っていた。

羽がなく、空を飛び、寒さをもたらす化け物。内裏で流行している疫病。それらすべてが、あるものを指している。

「どうした？」

鶴丸は、空を見上げる。暗くて何も見えない。ただ、冷ややかな風が吹きつける。

「鵺《ぬえ》かもしれません」

鶴丸も書物でしか知らぬ、伝説の化け物だ。その昔、遠い異国の地で雷を呼び、そして疫病をもたらして国を滅ぼしたといわれている。

「鵺？」

「その力は、神に匹敵し、病と破壊をもたらすそうです」

「物騒な話だ」

孝行は片側の眉《まゆ》をあげた。

「おそらく、塚から放たれた力だと考えられます。そうだとするなら、堀部さまにいろいろご報告した方が良いのですが……お会いできるかどうか」

「迷う暇はないのではないのか？」

孝行の言うとおりだ。鶴丸は頷く。

二人は、大内裏の門をくぐり、陰陽《おんみょう》寮へと向かう。ところどころにかがり火が焚かれ、武装した兵たちが警戒しており、実に重々しい。

「孝行どのと陰陽師どのではないか」

内裏への入り口付近を通りかかると、山代《やましろ》時平に呼び止められた。

警護の指揮をとっているらしく、鎧をまとい、武装をしている。近衛《このえ》府の中将であるから、陣頭に立っていても、全く不思議ではない。

「山代さま」

鶴丸と孝行は頭を下げた。

「何か取り調べか？」

「いえ、私はその……陰陽頭の堀田さまにご報告がありまして」

「報告？」

山代は鶴丸の顔を見る。

孝行が横から口をはさんだ。

「緑安京を滅ぼしかねない、化け物についてです」

「ふむ」

山代は、近くの兵に何事かを言いつけると、鶴丸と孝行を手招きした。

「ついて来なさい。陰陽寮に戻ったところで、誰もおらぬ」

「内裏にですか？」

一応、内裏に入るのは、殿上人のみという決まりがある。例外は当然あるが、検非違使少尉である孝行も、陰陽師の鶴丸も、殿中に上がることはかなわぬ身分だ。

「今、そのようなことを咎《とが》める阿呆《あほう》はおらぬ」

山代はすたすたと内裏へと入って行く。

灯籠《とうろう》が灯《とも》された廊下は、どこか重々しい空気に満ちていて、低い祈禱《きとう》の声が流れてくる。いつものことなのか、それとも特別なことなのかはわからぬが、ひっそりと警備に立つ兵たちの姿も見えた。

中将の山代と一緒なので、誰一人、鶴丸と孝行を見咎めることはなく、かなり奥まで歩いたところで、山代が几帳《きちょう》の向こうに声を掛けた。

しばらくやりとりがあって、堀部が顔を出す。殿中での仕事ではあるが、束帯ではなく、白の狩衣《かりぎぬ》を着ている。束帯ではいざという時、動きが制限されるからであろう。疲れているようで、やや顔がやつれていた。

「塚野？」

鶴丸がこのようなところまで来たこと、また、その顔触れにも堀部は驚いたようだったが、あえてそのことには触れなかった。

「ご報告が何件かございます」

鶴丸は、坂上神社の塚に始まり、雷桜という名の琵琶《びわ》と佐吉の見た化け物について、手短に話した。

「はっきりと確信があるわけではございませんが」

鶴丸は息を整える。

「この内裏を襲っているのは、おそらく『鵺』。もともとは、玄行皇子であったモノではないかと思います」

「それに、五弦の琵琶も関係していると、お前は思うのだね？」

「……おそらくは」

現場に残っていたにおい。そして、どこからか聞こえてきた琵琶。

全てのことに意味はある。過去は未来へとつながっているのだ。

「ふむ」

堀部は、鶴丸の横に立っていた孝行の顔を食い入るように眺め、「なるほど」と頷《うなず》いた。

「その矢を一本、貸してくれたまえ」

「……はい」

孝行から受け取った矢に、堀部はふっと息を吹きかけ、呪を唱える。

「私はここから動けん。内裏を護《まも》らねばならん。塚野、琵琶の術者は、お前が追え。因縁ある相手だ。お前ならやれる」

「はい」

鶴丸は背筋を正す。堀部は手にした矢を再び、孝行に渡した。

「この矢に破魔の呪をかけた。そなたに預ける。塚野を助けてやってくれ」

「しかし、私は――」

孝行は戸惑いの表情を浮かべている。

孝行は検非違使であって、陰陽師ではない。この世ならざるものや、呪術と戦うすべを持っていないのだ。

「弓取りの孝行の腕を出し惜しみしてはならん」

山代が厳しい顔でたしなめる。

「出し惜しみしているわけでは」

孝行が言い終える前に、ベンという琵琶の音が辺りに鳴り響いた。

ツンとしたにおい。そして、鋭い冷気が肌を刺す。

「行きます」

「頼むぞ、二人とも」

堀田と山代の視線を背に感じながら、鶴丸は孝行とともに、内裏を飛び出した。


強い風が吹き始めた。

暗闇に、琵琶の音が鳴り響く。

「どこ？」

鶴丸は全身の感覚を研ぎ澄ます。

間違いなく、知っているニオイのする呪術だ。

「あそこだ」

この警備の厳しい中、どのように入り込んだのか。

大内裏の中庭の大木のそばで、燐光《りんこう》を放つ化け物を従え、男が琵琶をかき鳴らす。

そのよどみない旋律は、闇を引き寄せている。

天を裂くという名器、雷桜。そして、類《たぐい》まれなる奏者。その二つが組み合わさってこそ、生まれ来る禍々《まがまが》しき力がそこにあった。

男は、黒の粗末な束帯を着ている。やや痩《や》せていて、年は四十前後といったところだろう。ぎらぎらとした憎しみに満ちた瞳《ひとみ》が目を引く。

傍らにいる化け物は、闇の中、燐光を放っている。

大きさは、人よりも一回り大きい。その胴と四本の太い脚は、虎。長い蛇のような尾。

そして、顔はサルのようだ。口は大きく、鋭い牙《きば》をのぞかせている。

間違いない。鵺だ。

その大きさの重量感に反して、ひらりひらりと琵琶の音に合わせて軽やかに舞う。兵たちも取り囲み、矢を射ようとしているのだが、琵琶の音が鳴るたびに押しつぶすような圧力が大気に満ち、押し返されている。

「芦田実人ですね」

鶴丸は、男を睨みつけながら、大木の方へと足を進める。

会ったのは初めてだ。だが、この男に間違いない。

「ほぉう」

実人は、鶴丸に気づくと、面白げに口をゆがめた。

「お前に会うのは初めてのようだが、不思議とよく知っている気がする」

「私はあなたを存じ上げております」

琵琶の音は止まらず、鵺は舞い続ける。

「危ない！」

鶴丸の視界が真っ白になった。

刹那《せつな》、身体を押し倒され地面を転がる。

何かが切り裂かれる轟音《ごうおん》。焦げるにおいがした。

「大丈夫か？」

「はい」

気が付くと鶴丸は、孝行の腕の中にいた。

辺りを見回すと、すぐそばに裂けた大木が倒れており、炎を上げて燃え始めている。

とっさに孝行が鶴丸を抱いたまま転がって、難をのがれたようだ。

火の粉がおちるほどの間近にいながら無事だったのは、孝行のおかげだ。

「雷が木に落ちて、裂けた。化け物は、屋根の上だ」

孝行が指を指す。黒い屋根の上に、燐光を放ちながら舞う鵺の姿がある。

風に雪が混じり始めた。

強風にあおられ、炎が勢いを増す。

姿は見えぬが、琵琶の音は鳴り続けている。倒れた木の向こうにいるのだろう。

「ここからではあれを狙えない」

鵺を睨《にら》み、弓を構えた孝行は眉間《みけん》にしわを寄せた。

風はどんどん強くなり、寒さが増してくる。耳が痛い。

時折、暗い空が明るくなるかと思うと、鋭い雷鳴が響く。

「俺は、あの化け物を狙う。お前は、芦田を止めろ」

孝行は、鵺《ぬえ》を睨みつける。

琵琶の音に合わせ、鵺はヒョーヒョーと声を上げた。

「わかりました」

孝行の眼に、鶴丸の姿が映る。

「鶴丸」

不意に孝行が鶴丸の身体を引き寄せた。

「力を貸せ」

孝行の手が、鶴丸の顎《あご》にかかる。

「え？」

驚く間もなく、鶴丸の唇に孝行のそれが重なる。

鶴丸の身体は動けなくなった。尻《しり》をついたまま、その場に固まる。

「行く」

それだけ告げて、孝行は飛び出し、離れていく。

体が痺《しび》れる。呪いのせいだろうか。四肢に力が入らない。

が。肌を刺すような冷気の中、鶴丸の身体の奥に温かな熱が生まれる。

熱くて、そして、燃え立つような力だ。

鶴丸はゆっくりと身体に力を入れる。

——大丈夫。立てる。

呪いの力より、孝行からもらった力のほうが上回っているように感じた。

巧みな、悪意に満ちた琵琶の音が鳴り響く。大気がびりびりと震えている。

「それだけの腕がありながら、なぜ、そのような旋律を奏でるのですか？」

感じられるのは、憎しみと怒り。強い破壊衝動。

「破壊こそが皇子にふさわしいからだ」

実人が答える。

「常に何かに嫉妬《しっと》し、憎み、満足できない男であった」

くくっと何かを思い出したように笑う。

「それは、あなたが思う皇子の話でしょう？　あなたの怒りはどこから来ているのです？」

「全てだよ、陰陽師。母を奪われ、幼き日々より虐げられ続けた。呪術者として人の暗闇を見つめ呪うことでしか生きられぬ人生全部だ。見よ」

実人は右腕の袖《そで》をまくり上げた。大きなやけどの痕があった。

「初めて華やかな舞台に立ったら、腕を焼かれた。美しい音曲の世界など、夢のまた夢。優しき旋律など、この痛む腕では無理な話よ」

「でも……」

「焼いたのは皇子ではない。しかし、頼まれなくとも皆が皇子に忖度《そんたく》する——貴族とはそういうものよ。そして、そのろくでもない世界が、緑安京よ」

その気持ちは全くわからないわけではない。鶴丸とて、人の世の裏側に生きる陰陽師《おんみょうじ》であるから。

「皇子は、腕のわびにと雷桜を俺によこした。もはや楽を弾けなくなった俺に。笑える話よ」

「楽を弾けない？」

「俺が奏でるのは楽ではない。呪よ」

にやりと実人は笑う。雪が激しく降り始めた。

「十五年前、この雷桜の弦は切れたが、結局、捨てることができなかった。異国に行き、琵琶《びわ》を修理して舞い戻ってきた。これでも、その間に、新しき皇帝が立ち、世界が変わっていることを夢想したのだよ。が、何も変わってはいなかった。あいも変わらず、人は憎み、妬《ねた》み、奪い続けている」

「あなたが何も変わらないのに、世界が変わるわけがない。だって、あなたは幸せになろうと思っていないのだから」

鶴丸は、実人に言い放つ。はげしい琵琶の音とともに目を開けられぬほどの強風が吹いた。

「風神招来、急急如律令」

鶴丸は懐から札を取り出し、声を張り上げた。

強風と強風がぶつかり合い、渦を巻く。

——負けない！

思った以上の圧力だ。鳴り響く琵琶の音を、ねじ伏せるように鶴丸は力を注ぎ込む。

力は五分五分だ。

鶴丸は、懐の女禁の札に手をかける。

「青龍《せいりゆう》・白虎《びやつこ》・玄武《げんぶ》・勾陳《こうちん》・帝台《ていたい》・文王《ぶんおう》・三台《さんたい》・玉女《ぎよくによ》」

札を投げ捨て、全身に襲い来る呪いの力を自らの力で押し返す。

「流れ出る　水は大河を遡《さかのぼ》る　湧き出し場所に　すべて返らん」

力が奔流となって、実人の元へと戻っていった。

屋根の上で燐光を放つ鵺は、鳴くたびに疫鬼をその口から吐き出す。

風はどんどん強くなり、激しく雪も降り始めた。

兵たちが弓を射かけてはいるものの、まったく鵺に届かない。

孝行は、鵺のいる屋根がみえる隣の屋根へとよじ登った。

不思議と寒くはない。体の奥に火が灯《とも》っているようだ。

孝行は、片袖《かたそで》を脱ぎ、弓を構え、矢をつがえる。

ふわりふわりと舞う鵺の動きが、手に取るように見えた。

一本だけの矢。しかし、外すとは全く思わなかった。身体の奥の火が、四肢に力を与えてくれている。

「当たれ！」

強風をものともせず、破魔矢は風を切り、鵺の額を貫く。

断末魔の絶叫が鳴り響き、鵺は屋根の下へと転落した。


やがて。

皇帝の病は癒《い》えた。

鵺の死骸《しがい》は、坂上神社の塚に戻された。封印を施したのは、鶴丸である。

芦田実人は死亡。雷桜は、破壊されたままの状態で、恵光法師が預かることとなった。いずれ修繕し、安らぎの曲を奏でるつもりらしい。

今日は大祓《おおはらい》。

貴族も平民も、穢《けが》れを木札に移し、鈴音川に流して洗い清める。

今年は、疫病が出たため、陰陽寮総出となった。

あの日以来、鶴丸の身体は軽くなり、女禁の札をつけておらずとも、体調を崩すことはなくなった。

とはいえ、鶴丸は芦田実人を倒したことで名を上げてしまい、「お鶴」に戻る機会を逸してしまったのも事実だ。父寅蔵と相談した結果、しばらく、世間が落ち着くまではこの状態でいようということになった。

「鶴丸」

儀式が終わるのを待っていた孝行が声をかけてきた。

これから、山代時平の屋敷に二人で呼ばれている。慰労を兼ねて、宴《うたげ》を催してくれるという話だ。

二人して肩を並べて歩きながら、鶴丸は孝行の顔を見上げる。

胸が騒ぐ。そして、あの日の夜のことを思い出す。

「あのようなことで、力を貸せたのでしょうか？」

唇を重ねた意味を知りたい。

「実際、倒せただろう？」

婉曲《えんきょく》な鶴丸の言葉に、孝行はそれだけしか答えない。

特別な意味であってほしいと思うのは、鶴丸の願望だ。

呪いから解放された今、心に生まれたその感情に、鶴丸はようやく名をつけることができる。

——私は、恋をしているのかもしれない。

十五年の間苦しめてきた呪いは消え、新しい何かが始まる。

十二月が終わろうとしていた。

あとがき

こんにちは。秋月忍と申します。このたびは、『陰陽花伝　天雲に翼打ちつけて飛ぶ鶴の』をお手に取っていただき、誠にありがとうございます。

デビュー作の『私は隣の田中です　隣人は退魔師の主人公!?』は、WEBから拾い上げていただきましたが、今回は書下ろし作品となりました。

平安京に酷似した架空の都、緑安京《りょくあんきょう》を舞台にした和風ファンタジーです。

ところで、平安時代のイメージといえば、おどろおどろしい百鬼夜行に陰陽師。そして煌《きら》びやかな王朝絵巻かな？　と思うのですけど。

平安時代って、鳴くよ鶯《うぐいす》（七九四年）に桓武《かんむ》天皇が平安京に都を移してから、鎌倉幕府が成立するまでの四百年ぐらいを指すので、ものすごく長い年月となります。

明治から令和までが約百五十年。現在から四百年前となると江戸時代の初めです。そう考えると、いくらゆったりと時が流れていたとはいえ、同じ平安といっても、年代によって服装や文化などが随分変わっていくのは、よく考えると当たり前かもしれません。

この物語は、一番平安らしいイメージの平安中期くらいをモデルにしていますが、あくまでモデルです。

例えば、平安中期の検非違使《けびいし》は直垂《ひたたれ》を着ていないと思いますが、武士っぽい方がそれらしいので、孝行《たかゆき》くんには、直垂を着てもらっております。

また、検非違使庁というのは、大雑把に言えば警察なのですけれども、実際の検非違使庁というのは衛門府の中にあって、いわば軍人が兼任している部署でした。しかし、この物語では、独立した役所です。

イメージしたのは、平安風の世界で起こる難事件を追う警察ものです。

平安風なので、あやかしがでてきます。主人公は、美貌《びぼう》の男装陰陽師。検非違使庁に出向した陰陽師が、検非違使たちと共に事件を解く、そんな物語になっております。とにかく、私が好きなものを全部詰め込んだ作品です。

楽しんでいただけるとうれしいです。

そして、紙面をお借りして御礼を。

美麗な表紙を描いていただいた、イラストレーターのダンミルさま。美しい鶴丸《つるまる》の姿に、思わずうっとりしました。本当にありがとうございます。

また、副題に歌の一部をお借りすることになりました、柿本人麻呂《かきのもとのひとまろ》先生。千年の時を越えても色褪《いろあ》せぬ、その言霊の力、本当にすごいなと思います。

そして、担当のKさまはじめ、編集部のみなさま、および出版に携わってくださっている多くのみなさま。本当にありがとうございます。

最後に、前作、さらにはWEB時代から応援してくださっている読者さま、いつも支えてくれている家族と。

何より、この本を手に取ってくださったあなたに、心からの感謝を。

あなたにとっても、大好きが詰まった物語であることを祈って。

令和最初の夏に

秋月忍

お便りはこちらまで

〒一〇二―八五八四
富士見L文庫編集部　気付
秋月　忍（様）宛
ダンミル（様）宛

富士見L文庫

陰陽花伝《おんみようかでん》
天雲《あまくも》に翼打《はねう》ちつけて飛《と》ぶ鶴《たづ》の

秋月《あきつき》 忍《しのぶ》

2019年10月15日　初版発行

発行者　三坂泰二
発　行　株式会社 KADOKAWA
〒102-8177　東京都千代田区富士見2-13-3
電話　0570-002-301（ナビダイヤル）

印刷所　旭印刷株式会社
製本所　本間製本株式会社
装丁者　西村弘美

定価はカバーに表示してあります。
◇◇◇

●お問い合わせ
https://www.kadokawa.co.jp/（「お問い合わせ」へお進みください）
※内容によっては、お答えできない場合があります。
※サポートは日本国内のみとさせていただきます。
※Japanese text only

ISBN 978-4-04-073369-2 C0193